GOBOOKS
& SITAK
GROUP©

GOBOOKS
& SITAK
GROUP©

三日月書版

三日月書版

1
Public Office of
Non-human
Affairs
非人類公所
値勤日誌
ぎょうむにっし
Author 醉飲長歌
Illust cyha
三日月書版
輕世代 BL060

非人類公所值勤日誌（ぎょうむにっし）

Public Office of Non-human Affairs

Contents

第一章

Public Office of
Non-human
Affairs

六月的天亮得很早。

晨曦濛濛的時候，地處A市郊區的青要村開進來一輛小貨車，轟隆隆地停在一家小戶的院門前。

這家小戶房子蓋得很漂亮，院子裡種著一盆盆綠植，被整理得很好，欣欣向榮。

院子沒有圍牆，只是象徵性地立了一排竹柵欄，高度大約到成年人腰際。翠綠的藤蔓爬在竹柵欄上，整個院子都透著一股蓬勃的生機。

貨車司機是個中年男人，頭髮有些白了，臉上滿是風霜的褶皺。

他下了車，看了一眼那藤蔓上開出了不少花的漂亮柵欄，卻離得遠遠的，一點湊過去的興趣都沒有。

他很清楚，這竹柵欄看起來無害又漂亮，實際上藤蔓底下藏著全是磨得十分尖銳的鐵釘和竹尖刺，誰想不經同意翻進去，從頭到腳全都會被刮下一層肉來。

院子裡也裝著不知道多少臺監視器，一點死角都沒有，完全不怕有賊。

司機走到門口，規規矩矩地按了門鈴。

林木聽到門鈴聲，打開窗戶應了一聲，匆忙擦掉手上的油漬，衝下了樓。

林木下樓開門，臉上的笑容跟院子裡的植物一樣朝氣蓬勃，嘴角還有兩個可愛的小酒窩，「德叔早安啊！」

「小林早！」德叔點了點頭，走進院子裡。

「早飯在鍋裡保溫，大肉包，您先去吃點。」林木說著，拿了塊磚頭把柵欄門板擋著，轉頭去搬院裡的花盆。

德叔進了廚房，掀開灶臺上蒸籠的蓋子，看到裡頭躺著六個白白胖胖的大肉包，每個都有巴掌大，旁邊還有兩碗熱豆花。

老規矩，六個裡四個是德叔的，兩個是林木的，他食量小。

德叔拿碗裝了包子，端著豆花往門檻上一坐，邊吃邊看著正在院子搬花盆的林木。

林木很會照顧花草，他院子裡這些種得規規矩矩、極好看的盆景，全都是種好準備供應給A市一些大飯店和行政機關的。

德叔則是負責幫忙運輸的司機，他跟林木斷斷續續也合作幾年了。

他總對林木是一人農業感到可惜，產量和價格再怎麼提高也拉不上去。

老實的德叔覺得，既然林木有這個機會賺錢，帶著全村一起種植不是也挺好的？產量和價格都能提高。

但這種想法總是一閃即逝，摸摸頭就過了。

別看林木長得溫溫和和一副溫雅讀書人的樣子，笑起來還能迷倒一群女孩子，實際上，他是青要村裡出了名的惡霸。

——說是惡霸也不準確，但的確沒人敢惹他。

林木跟他早逝的媽媽是從村外搬來的。

農村多少有些排外，再加上孤兒寡母，誰都能欺負一下。

剛來的時候林木還是個小嬰兒，媽媽又是溫柔和善的性格，在這種人善被人欺的地方吃了不少虧。

過了幾年，林木念書懂事了。本來跟媽媽一樣，性格溫柔和善、甚至有點怯懦的小孩子，不知道從哪學來一套潑婦罵街的架勢，揮舞著掃帚和磚頭，嘴上破口大罵地把來他家找碴的一個無賴趕了出去，還險些把對方的頭殼開了個洞。

三十多歲的大男人，打不過八歲的小孩子，說出去都沒人信。

結果過了沒多久，村裡人就發現林木還真的是天生神力。

小孩子很記仇，打跑一個無賴便更有信心了。接二連三把以前欺負過他媽媽的人追著滿村跑，不論男女全狠狠揍了一頓。

之後就再也沒人欺負母子倆了，有幾個明事理的村人更對他們孤兒寡母很好。

德叔就是其中之一。

但可惜，林木的媽媽身體不好，似乎是生林木的時候種下了什麼病根，在他十八歲拿到大學錄取通知書那年撒手人寰了。

她走前告訴林木，讓他外公來收屍。

林木這才知道他的外公是A市挺出名的一間公司的董事長。

林木思考著自己媽媽是多軟弱溫和的一個人，這麼多年都沒回家去求助，多半有鬼。於是他也沒聯絡媽媽的老家，一個人默默辦好了一切後事。

但青要村就小小一塊地，這事瞬間便傳開了，還被無聊的人爆料到網路上，引來了他外公。

外公嘴毒，看不起林木但又覺得好歹是個男孩，於是擺出一副施捨的態度要林木跟他回去，結果被林木諷刺幾句就怒氣沖沖地走了。

林木很會記仇，那時對誰都恨得要死，當天就把院子柵欄全打上鐵釘，院子裡扔了一堆碎玻璃和木頭碎屑，讓那些試圖翻牆的記者和湊熱鬧的村民全躺進了醫院裡。

當時鬧成那樣，現在有了賺錢的門路當然一點都不想跟別人分享。

德叔是打從心裡喜歡林木這個孩子，他老是覺得跟林木待在一塊久了，整個人都會平和下來，什麼煩惱都忘了。

可能是因為林木笑起來的確挺好看，嘴一咧，那兩個小酒窩就會冒出來，甜滋滋的。

德叔咬著包子，看著輕輕鬆鬆抱著個大花盆的年輕人，想起前段時間閒聊過的事，問道：「小林啊，你之前說去考的那個公務員怎樣了？」

「嗯，考上了。」林木把手裡的盆栽放上車，笑著說道：「我今天就去報到，辦公室離這也不算特別遠，搭火車就能來回。」

「哦哦。」

最近離村口四里處的地方新蓋了個火車站，這件事德叔也知道。

「公家機關跟村子不一樣，你可別像在村裡，一言不合就動手。」德叔說完看了一眼竹柵欄，「也不行在辦公室裝那玩意。」

林木有些哭笑不得，「哪能動手啊，也不是什麼大機關，就只是間公所。」

德叔叮囑：「那也是個正經的單位，是鐵飯碗呢，你可別得罪人了。」

林木回了一串的「好好好」，把今天該搬的盆栽搬完，拍了拍手上的灰塵。

「好了。您路上注意安全啊，別撞車了。」

德叔三兩口把剩下的早飯吃完，說道：「我開車都是別人怕我。」

「好。」林木點了點頭，目送德叔離開，接著轉頭進屋吃早飯。

林木從學校畢業一年，順順利利便拿到了公務員的錄取資格。眼看快到指定日期了，他準備去分派的地方報到入職。

林木沒什麼遠大的理想抱負。他對外公的家產毫無興趣，只想得過且過地多賺點錢，然後完成媽媽的遺願開間花店，也不打算去找爸爸，就平平淡淡過自己的生活。

林木的媽媽沒有什麼特別的興趣，就是喜歡研究植物、照顧花草。

她尚未離家時不怎麼討家人喜歡。家裡上有哥哥、下有弟弟，母親又病逝得早，沒人對她噓寒問暖。她又不聽父親的話乖乖去念金融科系、去相親，大學是專攻植物學不說，還經常放相親對象鴿子，跟著實驗室去野外研究花花草草。

這些也就算了，有次離家半年，回來的時候已經懷孕了。

她打死不說孩子的爸爸是誰，也不肯拿掉，就被深感丟臉的父親趕出了家門。

出於自己記仇的私心，林木打算以後要把花店開在A市的金融大廈對面，讓看不起他的外公和舅舅們天天上下班都要看到他，在他們眼皮底下刷存在感。

看不順眼卻又弄不死林木，天天嘔氣還要提心吊膽地擔心他找媒體曝光身世爭家產，那豈不是令人心滿意足。

林木洗好碗上樓，從抽屜裡把密封的檔案和報到用的文件拿了出來，確認一下家裡所有的監視器都正常運作，這才下樓鎖好門，騎著摩托車嘟嘟嘟地離開家。

A市中原區青要路404號青要公所辦事處。

這是林木預定要入職的單位。

辦公室的位置很偏僻，連行人都少得可憐。

林木跟著手機導航找了好久，才終於站定在一扇門前。

他拿著手機，確認了一下門牌號碼，又低頭看了看郵件裡寫的地址。

最終滿臉不敢置信地看向眼前這棟破破爛爛的舊房子。

這房子有多破呢？

是棟普通的平房，但外牆的油漆全剝落了，露出底下紅色的磚塊，窗戶玻璃上有拿報紙補起的破洞。

門是那種只容單人進出，比較古早的木門，外頭的矮柵欄鐵門，也是只能單人進出的款式。

鐵門上的鎖頭壞了不知道多久——已經鏽得不成形了。

連「青要公所辦事處」這幾個字都不是牌匾之類的，而是用粉筆寫在門上。經過長年風吹雨打，只能模模糊糊地看見「青要」和「辦」字。

唯一能證明林木的的確確沒找錯地方的，僅有左邊那棟掛著403號門牌的危樓，和右邊那間掛著405號門牌、還沒開門的髒兮兮小餐館。

左邊403右邊405，中間404，想必沒錯了。

林木：「……」

好破啊。

怎麼能這麼破。

怎麼能破成這樣。

林木感到費解。

他沉默了好一會，還是拉開生銹的鐵門，抬手敲了敲門。

這一敲，那扇看起來飽經風霜、綠漆都已經斑駁的門便應聲倒下。

「？？？」林木渾身一震。

搞什麼啊！！

怎麼回事啊！！

林木站在門口愣了好一會，探頭看了一眼，發現裡面竟然寬闊明亮又整潔，規規矩矩擺著幾張辦公桌，桌上還放著一些文具，就是沒有人。

辦公室裡的狀況讓林木多少鬆了口氣，他看了一眼時間，發現才八點半。

朝九晚五，離上班時間還有半個小時，沒人倒也正常。

林木在門口思考了五分鐘，覺得讓門躺在這也不是辦法，於是乾脆進了門，憑藉自己的力氣，把門重新裝進門框，假裝它依然完好無損。

林木裝好後退了幾步，端詳一下自己的傑作，覺得很ｆｉｎｅ很ＯＫ。

非常完美。

就在他準備找張凳子坐下，乖乖等其他人來上班的時候，他剛裝進門框裡的門就被人一腳踹開。

來人一邊走一邊低著頭解襯衫釦子脫衣服，嘴上還碎碎念著：「老烏龜這都大半年了，我要找的人你是找到沒有啊！都多久了，我很急啊！」

林木震驚地看著這個進門就脫衣服的人，震撼得完全不知道該說什麼，最終禮貌性地發出了一串沒人能聽到的刪節號。

「……」

那人沒得到答覆，解釦子解得有點不耐煩，乾脆手一甩，十分暴躁地喊道：「幹，這人類的衣服穿著真他媽的難受！」

林木瞪圓了眼，看著眼前的大男人在罵完這句髒話之後，就活生生變成了一隻黑色大狼狗。

林木打了一個冷顫，臉上帶著五分驚恐、四分震撼，還有一分茫然。他張了張嘴，打了個嗝。

大狼狗完全沒正眼看辦公室裡的人，他正在瘋狂甩著腦袋和屁股，試圖從困住他的人類衣服裡掙脫出來。

他掙扎了好一段時間，最後乾脆伸出爪子，撕裂那件緊繃的襯衫。他氣呼呼地一抬頭，就跟沉默注視著他的林木對上了視線。

一人一狗齊齊一愣。

林木：「……」

大狼狗：「……」

……告非！

搞什麼啊！

怎麼回事啊！

林木慌張地緊握裝有文件的信封，懷疑自己是不是要被滅口了。

搞什麼啊！

怎麼回事啊！

大狼狗驚慌地夾起尾巴，懷疑自己是不是要被滅口了。

一人一狗面面相覷，心裡慌得要命。

場面一度十分尷尬。

一人一狗渾身僵硬，誰都不敢先動，誰都不敢先出聲。

大狼狗聞到了一股人類的氣味，腦子裡全都是完了完了完了完了。

人類看見妖怪都是要殺的。

林木看著眼前威風凜凜、毛髮油亮滑順的大狼狗，腦子裡全都是完了完了完了。

聽說妖怪是會吃人的。

一人一狗對視著，警覺地看著對方，生怕對方下一秒就撲上來了結自己。

他們對峙許久，直到外頭烈日高升，牆上的鐘發出整點報時。

「現在時間是九點整。」

大狼狗被報時嚇得抖了抖，「嗷嗚」一聲猛地竄進一旁的辦公桌底下，整隻狗縮成了一顆球，瑟瑟發抖。

林木被他這動靜嚇得大退了三步，緊張地看著辦公桌底下那團巨大的毛茸茸生物，連呼吸都輕得幾不可聞。

他盯著桌底下那一團東西，試圖抬腳離開這裡。腳剛抬起來，就看到桌底下那隻大狼狗猛地一抖，發出了一聲細小的嗚咽。

「……」

這傢伙怎麼好像……

林木試探著放下腳。

那團毛茸茸的東西顫抖地縮得更緊了。

林木看著那隻大狼狗，覺得牠看起來好像更害怕自己一點。

抱著這樣的想法，林木乾脆起腳，火速衝到了門口。轉頭一看附近有幾個行人，膽子終於大了一些。

他站在門口深吸口氣，大聲問道：「請問……這裡是青要公所對吧？」

大狼狗的顫抖頓時一停，從桌子底下探出顆狗頭來，虛弱地應道：「……對。」

「……」林木張了張嘴，嘴巴動得比腦子快，「……我是今天來報到入職的林木。」

大狼狗也是一愣，爬起來跳上桌子，緊盯了林木好一會，才大大地鬆了口氣，「喔靠嚇死我了！我還以為要被宰了。」

喔告非！

講話了！

狗講話了！

狗真的講話了！

狗還會鬆一口氣！

林木腦子裡嗡嗡作響。

大狼狗蹲在桌子上喘著粗氣，「真他媽嚇死我了，你身上這股人味害我以為你是人類！」

林木：「……???」

林木腦子空白了半晌，在「狗講話了」、「狗真的比較怕我」和「他說了什麼我好像沒聽懂」之類的震撼之中，跌跌撞撞地抓住了一個話題，帶著點顫抖問道：「我、我不是人類嗎？」

大黑抖了抖毛，「一半是。你好啊，我叫大黑。」

林木渾身一震，「什麼意思？什麼叫『一半是』啊？」

我活了二十多年，怎麼不知道我不是人啊！

「啊？」大黑被他問得有點茫然，想了想，覺得林木可能是怕被欺負，於是安慰道：「雖然我不知道你另一半到底是什麼妖怪，但你是不是半妖我還聞得出來。你放心吧，我們不歧視半妖的，都什麼年代了。」

林木：「……」

不是！！

搞什麼啊！！

怎麼回事啊！！

我怎麼就這麼突然從人類被除籍了！

「也是，正經的人類也不會被分配到我們這裡來。」

大黑說完便嘖嘖咂嘴變回人形，光著屁股從辦公桌底下的櫃子隨便拿了件長外套裹上。

目睹了一切的林木覺得自己要瞎了。

大黑貌似覺得自己剛才沒膽的樣子挺傻的，決定稍微挽回一下形象。他裹著長外套，轉頭對林木說：「你是要辦報到手續嗎？今天老烏龜時間到了都還沒來，應該是不會進來了，我幫你辦吧。」

林木低頭看了看自己手上的檔案，想了想，覺得這工作還是不要了吧。

要是早知道考個公務員會把自己考出妖怪籍，打死他都不會去考。

怪不得媽媽不讓他去找爸爸，恐怕他爸爸是個妖怪。

林木垂著眼看著自己的手，感覺終於明白了自己天生神力的原因。

他又抬手摸了摸自己的臉。

怪不得他長得特別稚嫩，受傷時好得飛快還不會留下疤痕，且從小就聰明早慧，什麼都學得很快。

原來他是妖怪。

雖然是一半的那種。

……

……不行。

實在無法接受。

林木收好文件，站在門外，僵著一張臉，「能不報到嗎？」

大黑愣了愣，「一般來說不行，你有什麼正當理由嗎？」

「什麼樣的理由算正當理由？」

「傷殘病死都要出示證明才行，我們一直缺人手所以比較嚴，你如果亂搞是會記上一筆的。不過傷殘等級是按照人類標準來算的，如果沒有證明的話我揍你一頓，立刻去開一個也行，反正我們恢復得快，你就挑個傷殘等級吧？」

林木：「……」

挑屁。

我挑狗肉火鍋行不行。

這單位簡直糟透了。

不想報到竟然還要挨頓毒打。

大黑看著皺起眉頭來的林木，有些納悶，「你為什麼不想報到了啊？我們真的不歧視半妖，而且待遇也還挺好的，又輕鬆……」

說完他頓了頓，改口道：「喔不對，最近出了點事，可能會稍微有點忙了。」

林木聽到待遇兩個字，眼皮動了動，「待遇？不是普通公務員待遇嗎？」

「那是人類啊，雖然是一起考試，但妖怪的待遇是不一樣的。」大黑拉了拉自己身上的長外套，又重複說道，「缺人手嘛。很少有妖怪會跑來幹這行，要念書、要面試，還要身家調查，都嫌這些人類的規矩麻煩。」

林木頓了頓，「什麼待遇？」

大黑耍嘴皮子無比油條，「月薪三萬，獎金三十萬，隨年資年年調薪調獎金，保險津貼一應具全，吃住交通都有補貼可報銷；上下班不用打卡週休兩日沒有業績競爭制度，逢年過節發米油麵，特休有專門的旅遊基金可報銷。」

「……」

告非喔！

林木摸了摸自己的小心臟。

糟了，是心動的感覺。

林木深吸口氣，壓抑住心頭亂撞的小鹿，謹慎地問道：「工作內容呢？」

「流動妖口普查、稅收調查、城市安全維護、調解人妖糾紛……」大黑說得很像一回事，「就是打雜，基本上遇到不聽話的妖怪，上前打一頓就好了，簡單得很。」

「成交。」

林木抬腳重新走進門，俐落地遞出拿著的文件。

打架那他可太熟練了。

「好啦！你就坐我旁邊的位置吧。」大黑接過了他手裡的東西，轉頭開了電腦。

他一邊俐落地輸入一邊問道：「你是什麼類型的半妖啊？我剛成精不久，見過的妖怪也不算多，認不出來。」

真巧，我也剛成精不久，還沒十分鐘呢。

林木拉了把椅子坐下，靠著椅背，尷尬地說道：「……我也不知道。」

「啊？」大黑一愣，瞄了一眼林木的資料，父母那兩欄都是空的。

空的，就是沒有，或者曾經有。

反正現在是沒了。

「……哎。」

大黑撓了撓頭，意識到這個情況意味著林木可能並不清楚自己到底是什麼。

難怪之前那麼震驚。

大黑嘟囔了兩聲，體貼地沒提父母這件事，轉而問道：「那你有意識到自己有什麼特別的地方嗎？」

林木沉思了一下，說道：「力氣大。」

大黑點了點頭，「嗯嗯，妖怪力氣都不小。」

「學東西快。」

「半妖成長期短，這很正常。」

「傷好得快，不會留疤。」

「嗯嗯，妖怪自癒能力普遍都很強。」

「嗯……」林木仔細思考了一會，遲疑著說道：「我……長得好看？」

「……」大黑沉默了兩秒，仔細端詳了林木一番，十分嚴肅地點了點頭，「是挺好看的，我聽說混血寶寶大多長得好看，妖怪跟人類也是混血嘛。」

林木其實只是隨口說說，沒想到卻被肯定了，反而有點不太好意思。

他對著大黑笑了笑，露出了嘴角兩個小酒窩。

真的挺好看的。

大黑咂咂嘴，劈哩啪啦地敲著鍵盤，把林木的資料輸入完成，「行了！」

到職時間是從下週開始算。

林木把報到文件收好，卻沒有走人，下意識想要先做點什麼，來獲得同事的好印象。

他轉頭看了一眼辦公室的門，主動問道：「要不要把門修一下？」

大黑辦完事情就懶洋洋地癱在椅子上，聽到林木這麼說，轉頭便問：「你會啊？」

林木點了點頭，「會」

林木會的事情還挺多的。

從小家裡就他一個男的，他力氣大也不怕受傷，家裡有什麼粗重、骯髒、累人的工作，都是他捲起袖子去做。

開鎖、修水管、換燈泡、木工，雖然談不上精通，但這些家務也都會那麼一點。

大黑點了點頭，「好啊，你要修一修也行。」

林木站起身，「這附近有什麼五金行嗎？」

大黑也跟著站起來，「有，不過有段距離，我帶你去。」

林木瞄了一眼大黑行走間若隱若現的鳥，沉默了兩秒，再開口時聲音有點虛弱。

「……你先把衣服穿好。」

青要公所在A市的舊城區，偏處郊外，距離青要村就三站火車加上四里的距離。這裡都是一些老街區，看起來偏僻破舊，但住戶並不算少。A市再怎麼也算直轄市，多的是在相對便宜的郊外租房子，通勤到市中心上班的年輕人。

所以上班日的白天，這裡就顯得十分冷清了。

大黑和林木買了新鎖芯和工具從五金行裡出來，期間大黑一直稍顯焦躁地拉著身上的襯衫和緊身牛仔褲。

林木提著袋子，轉頭看他，「你很難受嗎？」

大黑嘖了一聲，「太緊了。」

「那為什麼不穿寬鬆點的運動裝？」林木問。

大黑的動作頓了頓，說道：「因為這麼穿看起來比較正經。」

林木不說話了。

他正思考著大黑這能正經給誰看呢？難不成是哪隻小母狗？

結果轉頭就看到大黑大步走向一家小超市，買了幾盒龍鬚酥和幾顆蘋果，然後走了幾步，又停了下來。

他們停在一家養老院門口。

這家養老院林木知道，算是這附近還不錯的一家。環境不錯，挺多娛樂設施，工作人員也很專業，要條件比較好的人家才住得起。

林木順著大黑的目光看過去，發現他正看著一個在院子的涼棚底下乘涼的老太太。

老太太坐在輪椅上，鼻梁上架著一副老花眼鏡，頭髮花白，緩慢而細緻地拿著針線修補著一件老舊的小襯衫，小襯衫下邊隱隱約約連著幾塊牛仔布料。

那件小襯衫看起來有些年頭了，兩隻袖子很細很短，看起來並不像人穿的。

林木看了好一會，恍然大悟，「寵物裝？」

「嗯。」大黑點了點頭，低頭看看手裡的龍鬚酥，轉頭跟林木說道：「耽誤一點時間，你要是不想等，先回去也行。」

林木覺得等不等都無所謂，他看著大黑到警衛室那裡登記，然後被工作人員帶了進去。

外頭天氣熱，林木就坐在警衛室裡等著。

他隔著窗戶看了一眼老太太放在身旁的針線和襯衫牛仔褲寵物裝，又看了看在院子裡跟老太太說話的大黑身上穿的襯衫牛仔褲，意識到了一個可能性，收回視線，抬頭對幫他倒了杯水的警衛道了聲謝。

過了半小時大黑出來了，手裡拿著兩顆洗乾淨的蘋果，剩下的都留在了裡頭。

林木提著袋子走出門，順口問：「你認識的人？」

「我主人。」大黑塞了顆蘋果給林木，「我年幼還沒成精的時候，被人遺棄差點凍死，是她把我撿回去的。」

「啊。」林木應了一聲，之前多少猜到了一點，倒沒覺得特別意外，「聽起來是個好人。」

「嗯，是個很好的人。」大黑說完，啃了一口蘋果，含混道：「不過她快死了。」

「……」

林木怔愣了一瞬，回頭看了那間養老院一眼，放輕了聲音，「老太太年紀多大了？」

「九十三了。」大黑咬著蘋果，跟著林木慢吞吞往回走。

林木偏頭看了看大黑，對方喀嚓喀嚓地啃著蘋果，垂著眼看著路面，神情十分平淡的模樣。

大概是早就已經接受這個現實了。

林木斟酌著說道：「的確到年紀了。」

「是啊。」大黑點了點頭，「兒女成才事業有成，桃李遍天下，這輩子也算喜樂富足……」

大黑說著說著沒了聲音，林木轉頭看去，看到他臉上滿是落寞和悵惘。

「挺好的。」林木說道，也不知道該怎麼安慰他，只好又重複了一遍，「挺好的，對於一個人類來說。」

「是啊，我當然知道。」大黑嘟囔著，想到一旁身為半妖的林木，又想到他資料表上的空白，意識到自己可能掀起了林木的傷疤，不由得有些手足無措起來，「我……」

林木咬著蘋果看向他，「嗯？」

大黑剛想說點什麼，卻突然嗅到了絲縷的香氣。

——一股清冽純和的草木香氣，微甜，帶著幾絲若隱若現的妖氣。

從林木那邊飄過來的。

嗅覺敏銳的犬妖神情有一瞬間的恍惚，腳下甚至沒踩穩，踉蹌了一下。

林木一愣，趕忙伸手扶住了突然神遊的同事，「怎麼了？」

大黑晃了晃腦袋，乾乾地笑了兩聲，帶著點疑惑，「什麼怎麼？」

林木看他好像確實沒問題的樣子，慢慢鬆開了手，也沒再提之前那個令人感到難過的話題，有一搭沒一搭地跟大黑聊著天，走回了辦公室。

林木把東西放在距離門口最近的桌子上，拿起工具就撬起了門框上的鎖片。

大黑回辦公室的第一件事就是扒掉身上的衣服，重新換上了鬆鬆垮垮的長外套，盤腿坐在椅子上看著林木「匡匡匡」地敲打那扇壞了不知道多久的門。

林木固定好門框，回頭就看到大黑不怎麼雅觀地坐在那裡，眉頭微微皺著，時不時晃一晃腦袋。

「不舒服？」

「……沒有。」大黑眉頭皺著，「總覺得剛剛好像忘了什麼。」

「剛剛？」林木回想了一下，「差點跌倒的時候？」

「嗯。」大黑沉思許久，也沒能想起自己到底忘了什麼，乾脆擺擺手，捲起袖子，「算了，會忘記的肯定不是重要的事，還是做點正事吧！」

林木點了點頭，把門板從地上扶起來。撬掉舊鎖芯的時候，一抬頭就看到大黑正翹著蓮花指，好像撚著個什麼東西，小心翼翼充滿虔誠地放進了一個巴掌大的小花盆裡。

然後霍然起身，站在辦公桌前呼啦啦地跳起祈雨舞來。

林木：「……」

是在幹嘛啊！！

林木滿臉茫然：「……你在做什麼？」

大黑對他做了個噤聲的手勢，滿臉嚴肅地說：「我在催生那顆種子。」

林木：「……」

搞什麼啊！！

怎麼回事啊！！

你們妖怪種個盆栽還要跳祈雨舞的嗎！

林木滿臉震驚。

大黑跳了好一會，然後看著毫無動靜的盆栽，慢慢停下了動作，嘆了口氣，「還是種不出來。」

「什麼種不出來？」林木把新買的鎖芯拿出來固定在門板上，「喀噠」一下卡上了鎖扣，把鎖固定好，問道：「這是什麼盆栽？」

「這花叫朝暮，本來是長在奈河邊的。」大黑看著桌上的小花盆，往椅子裡一癱，「奈河你知道吧，叫忘川的那個。」

這個林木知道，是神話傳說裡總會提到，陰曹地府裡的一條河。河裡都是受罪的孤魂野鬼，河上有座奈何橋，過橋要喝孟婆湯。

總之是普通人不會接觸到的次元。

「不然你來試試？這朝暮不挑生長環境，就挑種它的人。」大黑轉頭看向林木，「我拜託老烏龜幫我找能種它的人很久了，到現在都找不到。」

林木想起大黑剛進門的時候嘴裡碎碎念的話，一邊點頭，一邊問道：「老烏龜是誰？」

「我們的同事，今天翹班了。」大黑說完拉開抽屜，從裡頭拿出了一小包種子，小心地取出一顆來。

那種子黑漆漆的，小而乾癟，看起來就像是一隻被拍扁的黑色小飛蟲，放在手心裡輕飄飄的毫無重量，就像是經過燒灼之後的黑色灰燼一樣。

「放進花盆裡就好了。」大黑說完，阻止了林木要把種子放進花盆裡的動作，「等我走遠你再放，要是能種出來從此我叫你爹！」

林木看著說完這句話就變回大狼狗，一溜煙衝出去瞬間不見蹤影的大黑，呆愣愣地張了張嘴，「……」

他沉默地盯著手心裡的那點黑色，在「可能擁有一個狗兒子」和「幫幫同事救救小狗」之間猶豫了兩秒，還是把掌心那點黑色放進了花盆。

那顆種子飄蕩地落到花盆中，滑進蓬鬆的土壤縫隙。

過了沒幾秒，林木就看到一小團墨綠色的細嫩枝葉衝破了土層，以肉眼可見的速度舒展枝條，抽出一點幼嫩的白色花芽，慢慢鼓成了一個小小的花苞，然後停止了生長。

它看起來纖弱又嬌嫩，還一副輕盈至極的模樣，連林木湊近去看時的輕微呼吸都讓它搖曳顫動個不停。

林木看著這朵不屬於人世的花，試探著伸出手去想要碰一碰，那邊大黑狗就突然「碰」地撞了進來，一看見了桌上的花，便聲嘶力竭地喊道：「爹！！！手下留花！！！」

林木嚇得一抖，手一縮，扭頭看向邁著四條腿衝過來的大狼狗，意識到他剛才喊了什麼，不由得哽了一下，「我沒有你這個兒子。」

「我認你這個爹就沒事了！」

大黑說完直起身，兩隻前腳搭在辦公桌邊緣，小心地湊近去看了那朵花好一陣子，尾巴搖得像支風扇。

「長出來了啊。」他喃喃自語，似乎有點不敢置信，「真的長出來了！」

「對，真的長出來了。」林木看著大黑這副傻乎乎樂不可支的樣子，忍不住也跟著笑了笑。

「哎……真的長出來了。」大黑繞著林木坐著的凳子轉了好幾圈，期期艾艾地看著林木，欲言又止，止言又欲，欲言又止。

林木看了一眼他屁股後焦躁地搖來搖去的尾巴，「還有什麼事？」

大黑扭扭捏捏地搖著尾巴，「是……是有點事。」

「什麼事？」

林木對於幫助別人這件事並不排斥。

人跟人之間，最初先釋出善意總是沒錯，要是遇到忘恩負義或者貪得無厭的人，之後再報復也不遲。

大黑從旁邊的櫃子裡叼出了牽繩，「你能牽我去一趟那間養老院嗎？帶上那盆花。」

林木一怔，伸手接過了牽繩，一邊說道：「你自己不也能去？」

「城裡沒有繫牽繩的狗都會被趕走，特別是養老院、幼稚園、學校這類地方。」

大黑配合地讓林木套上牽繩，「老烏龜就從來不願意陪我去。」

林木停下手上的動作，「為什麼？」

「因為妖怪大多不願意跟人類接觸。」大黑說道：「半妖數量其實很少，因為人類的壽命太短了，對妖怪來說不公平。人類不是有句話嗎？說煎熬的永遠是被留下來的人……」

「……」林木愣愣地沉默了兩秒，然後點了點頭，「原來是這個道理。」

大黑突然意識到自己又說錯話了。

他扭頭看了一眼沉默地幫他扣上最後一個背扣的林木，訕訕地不說話了。

林木跟著大黑，重新來到那間養老院的門外。

老太太依舊坐在那裡乘涼，神情平和而安詳。她正看著旁邊桌上放著的筆電，螢幕中是她的女兒一家，正在跟她視訊通話。

林木抱著花盆，牽著大黑，隔著鐵柵欄看著老太太。

大黑蹲坐在林木腳邊，看著老太太有一下沒一下地撫摸著手裡那件老舊的寵物裝，笑容滿面地跟女兒聊著天，身邊卻空無一人。

他看了半晌，仰著頭輕輕嗚咽了一聲。

老太太似乎察覺到了動靜，她循聲看過來，目光掃過牆外的年輕人、他懷中抱著的花盆，還有手裡牽著的黑色大狼狗。

太陽很烈，晒得讓人幾乎睜不開眼。

老人家恍惚了一瞬，再向那裡看去時，哪還有什麼年輕人和黑色大狼狗。院牆外只剩下一株孤零零長著的花朵，在巴掌大小的小花盆裡，在烈日下安靜地搖曳著。

老太太怔怔地看了那花盆好一陣子，在女兒一家一聲聲的呼喚中，倏地落下淚來。

「孩子啊，回來見媽最後一面吧。」

老太太揪緊手中的布料，感嘆道：「大黑來接我了。」

第二章

Public Office of Non-human Affairs

躲在牆旁的大黑狗聽著風帶來的聲音，「嘿」了一聲，「她還記得我。」

林木偏頭看看他，點了點頭，「嗯。」

「她還記得呢。」大黑又這麼說道，咂咂嘴，「她真的是個挺好的人。」

老太太是個很善良的人。

在大黑還是隻幼犬的時候，冬日被人遺棄在社區的圍牆外，就只用一個紙箱裝著，跟他同窩的幼犬都凍死了，他自己也奄奄一息。

但幸運的是，他被一個路過的少女撿走了，經過一番救治和細心照料，順順利利長大，還走大運開了靈智。

那段時間是大黑有記憶以來，最無憂無慮的日子。

撿到他的少女從學生變成了教師，之後又成了家、有了孩子，大黑也懵懵懂懂到了犬類的高齡。

他並沒有意識到自己開了靈智，也沒有意識到自己的特殊性。

像這樣開了靈智，卻並沒有意識到的生靈其實很多，大部分就這樣隨著挫折與天命死去了。

大黑也沒有意識到，當時只是想著再多陪陪她，一直一直熬著日子，怎麼也捨不得離開。

後來他的主人遇險進了醫院，命在旦夕。

大黑念在報答救命之恩，驟然清醒過來，憑著自己黑公狗的天賦，悄悄跟著幾個鬼差下了地府，硬是把老太太的魂魄搶回來，自己卻被鬼差抓走代罪。

大黑在地底下苦熬了六十餘年，陰差陽錯熬成了精，刑滿釋放回來的時候，老太太已經頭髮花白兒孫繞膝了。

老太太的兒女都很成才，事業有成，最終決定留在國外成家立業。老太太也沒有意見，只是不願意跟去。

「你知道嗎？她一直留著當年為我做的那件小衣服，還正經八百地幫我立了牌位。她把在醫院醒過來的那天當成了我的忌日，每年到了那天都會在我的牌位前放一大碗肉。」大黑說完頓了頓，「以前我偷吃她都會罵我打我。」

林木看了腳旁邊的大黑狗一眼，沒說話。

「後來有人問她，幹嘛幫狗立牌位？」大黑咂咂嘴，「她就說：『當年是大黑為我擋災，讓我活下來，但大黑卻死了。』」

老太太偶爾還會跟人說起鬼門關、黃泉路，還有忘川上的奈何橋。

她說橋邊長著許許多多的小白花，一到子時，那些花就「咻」的一下燒起來，焚燒那些有罪的孤魂野鬼，在忘川上連成一片幽綠的火海，燒得暗沉沉的黃泉路都亮如白晝。

等過了子時，這些花全燒完了，灰燼落回岸上，又會生機勃勃重新生長起來。

這話沒什麼人當真，但偷偷看著老太太的大黑卻高興極了。

老太太還記得他。

到現在還一直記得。

「她還記得我，記得走過那一遭鬼門關。」

大黑偏頭看了一眼他們剛剛站著的地方，那盆朝暮已經被拿進了院子裡。

「她大限將至，我覺得她應該在家人和學生的歡送下走得熱熱鬧鬧的，對不對？」

林木點了點頭，說道：「你這說法挺委婉的。」

「能委婉當然委婉。」大黑嘟囔，「我要是當面跟她說妳要死了，趕緊把兒女叫回來，不把她氣出毛病才怪。」

「其實還有很多別的方法。」林木說道。

「可這是只有我跟她知道的祕密啊。」大黑問道：「你不覺得這很浪漫嗎？」

林木：「……」

好吧。

不是很懂你們妖怪。

大黑也沒想要讓別人懂，他只是沉默了好一會，又說道：「她就要忘記我了。」

「等她死了，不用三天就要過奈何橋，喝孟婆湯，她就不會記得我了。」大黑碎碎念著，「唉，你說人類的命怎麼就這麼短……」

大黑話說到這裡又停住了，抬頭看了一眼林木。

林木也低頭看著他。

大黑張了張嘴，發覺自己又又又又說錯話了。

「唉……」他發出了短促的音節，然後默默叼起了自己的牽繩，遞到林木手裡。

林木接過牽繩，跟著大黑往辦公室走。

他其實並不介意大黑說的那些話，因為事實的確是如此。媽媽的死已經過去這麼多年了，也不是什麼不可觸碰的瘡疤。

只是今天聽大黑說了這麼多，讓林木多少對他那個聽都沒聽媽媽提過的爸爸產生了幾分好奇。

既然妖怪都不怎麼喜歡跟人類相處，那爸爸跟媽媽到底是出於什麼心態在一起的——哦，當然了，也有可能是一夜情中標，他親愛的媽媽坑了他那個不知名的爸，或者是不知名的爸害了他親愛的媽媽。

但出於對血親最基本的尊敬，林木還是先默認自己的爸媽是兩情相悅並孕育他的。

林木輕輕拉了拉手裡的牽繩，問道：「大黑，妖怪有什麼能查血緣的方法嗎？」

「啊？」大黑扭頭看過來，低聲說道：「有是有，但都是很古老的傳承，我們這種野妖怪是不會知道的。」

林木有些失望地點了點頭。

大黑聽出了他話裡的含意——大概是想知道自己到底是什麼妖怪。

可是大黑也沒辦法，只能碎碎念地安慰林木，並在林木準備回家時，把一整包朝暮的種子都送給他。

「反正在我知道的妖怪和人類裡，就只有你種得出來，你可是天選之人。」

大黑把種子塞給林木，告訴他：「你在屋子周圍種一圈，防妖防魔防厲鬼。只要幹過壞事的妖魔鬼怪敢靠近，都會被朝暮燒得一乾二淨，每天子時妖魔鬼怪力量最強的時候，它的效果也最好。」

林木本來想要拒絕，聽大黑這麼一說，又乾脆收下了。

以前不知道這世上有妖魔鬼怪，那些對付人的小東西自然夠用，現在知道有這些怪力亂神的東西，光那些小玩意就不夠了。

出於安全考量，林木自然也想準備好相關的防護。

林木在外面吃了頓午飯，帶著一包朝暮種子回家。

一回到家，他就把那一包朝暮的種子均勻地撒在自家的竹柵欄下，沒多久就長出了星星點點的細嫩嬌弱小白花，藏在藤蔓裡，偶爾隨風嬌羞地探出頭來。

林木頂著烈日，把幾盆該搬回室內遮陽的盆景搬回通風的屋裡，看著空蕩蕩的房子發了會呆之後，轉頭上了閣樓。

閣樓是以前媽媽堆放雜物的地方，後來林木也沿用來堆放雜物。

現在要整理起來很是麻煩。

尤其是為媽媽處理後事的時候，林木難受得要命，家裡的東西幾乎什麼都沒有挪動，到現在還保持著原樣。原本屬於媽媽的二樓房間和工作室也經常打掃，一點都沒動。

只是一些紙質的東西總是難以保存，漸漸發黃褪色了。

林木花了一整個下午把閣樓整理一遍，在閣樓的雜物堆裡找到了可能派得上用場的三本筆記本和一個資料夾。

他把這幾本書冊上的灰塵擦乾淨，站在二樓走廊沉默了一會，終於還是轉頭走進屬於媽媽的工作室。

工作室的採光很好，窗明几淨。

夕陽落在房間裡，打出了一道光柱，撩起點點光塵緩慢而安逸地飄浮著，青天白日裡卻顯出一股昏暗的寂靜。

桌面上放著一個筆盒，幾疊資料，旁邊的書櫃裡滿滿全都是書，牆面上還貼著一幅世界地圖，上頭釘著不少便籤和洗出來的照片。

林木打開燈，一眼就看到了壓在書桌玻璃底下的一張照片。

照片裡媽媽正拿著水管，試圖幫一隻在塵土裡滾得灰不溜丟的薩摩耶洗澡。

林木知道這隻薩摩耶，牠是媽媽的指導教授養的寵物，叫做牛奶糖。

去年壽終正寢了。

那位指導教授一直很關照林木的生意，是個老主顧了，也有不少客人是透過那位老師介紹來的。

林木看了那張照片好一會，突然覺得一個人住在兩層樓還附大院子和閣樓的房子挺寂寞的。他的目光在笑得很是開心的媽媽身上掃過，決定過幾天就去寵物店裡看看有沒有順眼的小狗。

最好是薩摩耶。

林木這麼想著，才剛坐下打開新收穫的筆記本，放在旁邊的手機就推播了一條今晚豪雨特報的消息。

林木一頓，打開窗戶，後知後覺地感受到昏暗的天幕底下撲面而來的溼潤土腥味，天際翻滾著無比厚重的鉛色雲層，隱隱約約有幾絲電光閃爍。

眼看暴雨就要來了。

林木低頭看了看院子裡那些被伺候得很好的盆栽，趕緊把手機塞進口袋，跑下樓去。

他急急忙忙地把不耐水的盆栽往屋裡搬，又從屋裡抱了幾根木竿和厚重的防水布，在院子裡搭起遮雨棚來。

但林木的動作還是慢了些。

雨幕毫無預兆地傾瀉下來，豆大的雨點打在身上劈啪作響。

林木回屋去套了件雨衣出來，頂著幾乎要將人壓得抬不起頭來的雨幕，堅強地為院子裡的盆栽們搭起了一個遮雨棚。

——但還差一個。

雨衣頂不住厚重的雨幕，裡面早就溼透了，他滿身滿臉都是雨。

林木深吸一口氣，還是再次回屋去抱另外幾根木竿出來，剛插好兩根木竿纏上防水布，種在院子外的那一圈細弱白花齊齊發出一聲火焰被點起的「轟」聲，緊接著不顧大雨便熊熊燃燒起來。

林木嚇了一大跳，在看什麼都有些模糊不清的雨幕裡，視線隱約捕捉到了外圍那一圈綠色的火焰。他匆忙往後退了兩步，腳邊突然踢到了一個軟綿綿的東西。

他低下頭來，跟一隻躺在地上渾身血跡，狼狽不堪的犬類對上了視線。

「……」

「……」

一人一狗面面相覷。

林木愣住了。

他看了一眼燒起來的火，又看了一眼身上帶著一道道肉眼可見的傷痕的狗，一時間竟然不知道如何是好。

火並沒有蔓延到院子裡來。

雷鳴之中，可以聽到外頭有幾聲慘叫穿破了厚重的雨幕鑽入耳中，隨之而來的還有一陣刺骨的涼意，從冷冰冰的風和雨珠裡穿透而來，令人脊背發寒。

林木縮了縮脖子，站在雨幕裡發呆了一會，恍惚間想起大黑說過的「防妖防魔防厲鬼」，不由被驚得打了個哆嗦，也不敢仔細去看那邊正燃燒著的火，只好把視線轉向腳下這隻並沒有被那綠色火焰燒灼的犬類。

沒有被火焰燒灼，也就是說牠並不是什麼邪魔歪道之類的東西。

這多少讓林木鬆了口氣。

不知道是不是毛皮被淋溼所以縮水了的關係，牠看起來沒有成犬體型那麼大，雨點落在牠身上混著血流下，毛髮糾結在一塊，看起來非常淒慘。

但奇異的是，牠並沒有半丁點乞求或者示弱的表現。

小狗只是冷淡地挪開了視線，在林木的注視下嘗試著掙扎，卻始終站不起來。

林木掃視了一眼，發覺牠的前腳腫得很厲害，恐怕是使不出力了。

林木看著這隻狼狽的小狗，微微俯下身，才剛伸出手，那隻小狗就迅速抬起頭，在雨幕中微微瞇起眼來，仰頭看著他。

林木動作一頓，在牠的注視下慢慢蹲下，伸出兩隻手、掌心向上攤開，表示自己手裡什麼都沒有。

「要我幫幫你？」他的聲音在出口的瞬間就被雨幕打得破碎不堪，不由有些苦惱地皺起了眉。

林木不敢出去，現在外頭下著雨燒著火——誰知道出去會遇到什麼，而這小狗恐怕也沒辦法出去。

林木嘗試著慢慢靠近一些，發現一靠近這小狗就異常戒備，一副要咬人的樣子，乾脆放棄這個想法。他轉頭從屋裡拿了把傘，撐開來給牠擋雨，轉頭就繼續去忙著處理雨棚了。

反正外面的進不來，裡面的也不敢出去，還不如先拯救他這些被暴雨砸得亂七八糟的盆栽。

雖然這些不全是有人下單訂購的商品，但種好也能賣點錢。

幸虧還留在外頭的盆栽都是耐淋的，林木架好了遮雨棚，轉頭看了一眼雨傘底下的小狗，發覺牠正安靜地舔著身上的傷口。

林木想了想，再次走了過去。

小狗停住了動作，抬眼看向他。

林木再一次在牠面前攤開了雙手，問道：「進屋去？」

小狗上下打量了他一番，彷彿聽懂了他的話似的，不再排斥他靠近。

林木微微鬆了口氣，小心避開了牠身上的傷口，把牠抱進了屋裡。

他隨手脫下雨衣扔到一邊，掏出手機來搜尋應該怎麼辦。

小狗傷得不輕，右前腳腫得很厲害，左腳的爪子也血肉模糊，後腳和身體側邊都有著一道又一道的傷口。

林木看了看那些劃傷的痕跡，總覺得這怎麼看怎麼像是被他家院子那排竹柵欄刮出來的。

——可能是慌不擇路跑進來的時候被刮傷的。

林木看著這嚇人的傷痕，輕輕咂舌。

他轉頭看了一眼依舊染著一層層綠色火光的雨幕和不斷隱約傳來的咒罵和慘叫聲，打消了現在送小狗去寵物醫院的想法。

看著手機上搜索出來的寵物犬受傷處理步驟，林木摸出了自家的急救箱。

鋪好一塊殺菌的乾淨浴巾，用食鹽水清潔傷口，上藥之前要先剃毛，然後用……

「紅黴素軟膏、紅黴素軟膏……」林木嘀嘀咕咕地翻著急救箱，好不容易找出了一管軟膏，又摸出了紗布和繃帶，手忙腳亂地好不容易終於處理好了一個傷口。

林木看著這個包紮好的大傷口，鬆了口氣，繼續處理下一個。

他微微垂著頭，也不管頭髮還在往下滴水，只是十分認真地為小狗剪掉傷口邊緣的毛並上藥。

小狗在他靠近的時候便停下了一切的動作，上下打量著他。

事情是這樣的。

晏玄景是隻狐狸，九尾狐，生下來就生活在那個被稱作「大荒」的妖怪世界裡。

不過最近大荒出了點問題，他在追擊敵人的時候受了傷，馬上就被他爹扔到了大後方，叫他負責鎮守大荒和中原之間的通道。

中原——他們是這麼稱呼人類生活的世界。

晏玄景被迫下凡，身無分文，對中原的瞭解也有限。一到此處，才剛藏好過於明顯的九條尾巴，就被一群受九尾狐的血氣吸引而來的妖怪盯上了。

這些小妖怪晏玄景倒是覺得無所謂，只要動動手指就能全部殺死，只是養傷還是需要一個安全的住所。

所以晏玄景就帶著跟在自己屁股後面的一大串小妖怪，四處尋找著合適的地方，找著找著，他聞到了些許不屬於塵世的氣味。

接著就看到了那個被朝暮圍繞保護起來的小院子。

晏玄景當然知道朝暮是什麼，所以他十分的驚訝。

中原裡能夠看得到朝暮，肯定是人為種的。

而能在塵世間種得活朝暮的，只有天地欽點的純粹魂魄。

天地欽點的純粹魂魄是什麼？

就是個滿心純粹善良，不帶半丁點壞水的大善人，陽壽盡了脫離軀殼就能羽化登仙的那種！

那院子遠遠地看起來就朝氣蓬勃，生命力格外旺盛，一看就是個養傷的好去處。

屋子的主人想必是個良善可親的大好人。

晏玄景乾脆直接奔這小院子而來，準備跟這個註定了會位列仙班的人類結個善緣。

而他來了，跟在他屁股後的一大串小妖怪自然也跟著過來了。

趁著烏雲蔽天陰氣濃重的時候，出來作亂的邪魔歪道總是不少。

朝暮在外頭燒了個痛快，而並沒有被燒到的晏玄景正打算跳上人家牆頭，禮貌地敲個門或者打聲招呼什麼的，就被柵欄上磨得尖利的鐵釘扎得一跳，直接滾進人家的院子，躺在了屋主的腳邊。

「……」

在自家柵欄裡藏鐵釘到底是什麼心態？

就算不會傷到人，傷到無辜的小動物也不好啊！

無辜小動物晏玄景簡直百思不得其解。

但尊貴的九尾狐還是堅強地穩住了自己驕矜的形象——並十分矜持地應院子主人

的再三邀請，才同意入住這間屋子。

只不過這屋主的氣味實在有些不對。

晏玄景遲疑地嗅了嗅眼前正細心為他沖洗傷口的人的氣味。

雖然已經被雨水沖刷得無比寡淡，但除了屬於人類的氣息之外，的確還有一股淡淡的妖氣，透著一股清冽純和的草木氣味，微甜，讓他聞了就有點把持不住地想要露出肚皮悶哼幾聲。

這不是純粹的人類。

也不是意外沾上的妖氣。

這是個半妖。

……半妖。

晏玄景意識到這一點，眉頭驟然擰緊，接著就被那股輕飄飄的微甜妖氣一點一滴地撫平，連身上的傷口彷彿都不再疼痛。

沒有了疼痛之後，睏意和疲累就洶湧而上，鋪天蓋地席捲而來，精神被安撫著，好似可以將煩惱與憂愁乾脆拋之腦後。

渾身就像是泡在熱水裡一樣，通體舒泰。

林木看著被他處理傷口的小狗緩慢地闔上眼，又驟然瞪大，掙扎著想要保持清醒，又控制不住地慢慢閉上。

他停下了手裡的動作，看著小狗掙扎了幾番，最後腦袋一垂，磕在桌面上發出「咚」的一聲悶響，臉埋在柔軟的毛巾裡，一秒睡了過去。

林木忍不住笑出了聲。

他的動作從生疏到熟練只經歷了四個傷口。他學東西向來很快，熟練之後飛快地就把小狗身上那些他可以處理的傷口全部處理好了，剩下的幾個都是林木無法處理、恐怕得去找獸醫的。

林木看著小狗慘兮兮的兩隻前腳，嘆了口氣，拿吹風機把牠身上溼答答的毛吹乾，蓬蓬鬆鬆的，仔細一看似乎正是隻他想要的薩摩耶。

小狗此刻躺在已經溼透的毛巾上睡了過去，身上的毛被林木剪得坑坑疤疤，但總歸是把該處理的地方都處理好了，乍看也不再像之前那樣狼狽可怕。

林木對於這個結果還算滿意，他看著睡得打起了呼的小狗，想著牠要是願意留下來的話，牛奶糖的名字就可以繼承下來了。

「你要是願意留下來的話……」林木收拾著急救箱自言自語，在自己的輩分上思來想去地糾結了很久，終於做出了選擇，「那我就是你爸爸啦！」

外頭的火和雨是同時停下來的。

這場雨持續的時間不算短，雨停的時候天色已經完全暗了下來。

林木看了一眼在疊了好幾層的舊絨毯上睡得十分香甜的小狗，拉開了大門，準備先去看看情況。

雲消霧散，夜幕中間鋪著一條璀璨的星河，整片天空都被沖刷得異常清晰。

那些燃燒了許久的朝暮都歸為灰燼，落在院子裡裡外外，又重新生長出來，星星點點的白色小花盛開在夜色下，反射出冷白色的螢光。

林木打開院子裡的燈，走到院子邊緣，小心地探頭看了一圈。

普通的花花草草一點都沒有被燒到的跡象，而在朝暮生長密集的地方，多出了不少黑色的灰燼，被風一吹就飄揚著飛了起來。

這些灰燼大概就是大黑口中說的那種——幹過壞事的妖魔鬼怪。

留下來的灰燼還頗有些分量，林木不敢去猜想到底燒了多少，也不明白為什麼會突然出現這麼多妖魔鬼怪。

他這輩子前二十年明明過得十分和平安逸，什麼妖魔鬼怪都沒遇到過。

林木看著輕飄飄地飛到他眼前的灰燼，下意識覺得有些眼熟，仔細一看才發覺它好像就是大黑之前給他的那一包種子的模樣。

林木：「……」

所以我帶著一包骨灰走了一路，還埋在自家院子裡的意思嗎？

林木輕嘖一聲，瞪著屋外這堆灰燼，思來想去，還是覺得不能浪費。

看時間還早，林木乾脆進屋裡去拿了把小刷子和手持的畚箕，回到院子邊，捲起袖子掃起了骨灰。

林木沒打算收藏這些灰燼，他繞著自己的院子掃了一整圈，端著堆積起灰燼的畚箕，繞著院子轉了一圈，在自家圓形的院子外圍畫了一圈歪歪扭扭的邊，勉勉強強畫成了個圓形。

畫好了圓形，看著新長出來的小白花，林木心滿意足地回到了屋裡，小心地抱起了睡得香甜的小狗，「走！帶你去醫院！」

晏玄景驟然驚醒，反手就前掌一伸按在了林木臉上。

意識到這個半妖沒有表現出惡意，趕緊收回了伸出去的利爪，拿掌心的肉墊按了上去，掙扎起來。

林木對於自己剛剛險些被毀容一事毫無所覺，被按住臉之後慌張地把腦袋往後仰，放下了掙扎的小狗，看了一眼牠的前腳之後輕輕「咦」了一聲。

之前腫起來的右前腳已經消腫了，因為腫起而紅中透紫的可怕顏色也消退了下去。

左腳也不像之前那樣血肉模糊，在被他小心清洗過之後也已經結了痂，狀況看起來似乎好多了。

看到這樣的情況，林木微微鬆了口氣。

沒因為他亂動造成二次傷害就好。

「但還是要去醫院。」林木說道。

他處理得再好也不會有醫生好，何況還得幫小狗做全套檢查、內外驅蟲、疫苗注射之類的——雖然說農村養狗其實沒這麼講究，但他撿來的這條小狗怎麼看都不像是可以隨便養的土狗。

牠看起來是隻半大的薩摩耶，耳朵稍尖，眼睛黑溜溜的頗具靈性，就算毛都被林木剪得坑坑疤疤了，依舊擋不住牠的好看。

應該是血統高貴的品種狗，這種狗一般都相當嬌貴，不像大黑那種類型的大狼狗一樣耐摔耐打，還能看家護院。

林木還看過關於溫順的寵物犬「小偷入室行竊，屋主寵物犬叼拖鞋迎接」這類的新聞，這德性看家護院基本上是指望不了，只能當狗兒子寵著養著，勉強維持生活。

林木湊近再一次檢查了一番小狗還暴露在外的傷口，重申道：「得去醫院。」

晏玄景對中原這邊不算瞭解，但醫院這個詞他是知道的。

他抬起前掌，再一次按在林木臉上，表示了拒絕。

他堂堂九尾狐，一個大妖怪，這點皮肉傷一兩天就能自癒，哪用得著去什麼醫院。

至於一兩天好不了的重傷是需要靜養的，去人類的醫院也沒有用。

林木面頰一涼，伸手小心地握住了小狗的前掌，對上牠的視線，眨了眨眼，試探著問道：「不想去？」

晏玄景從林木手裡抽出前掌，又按在了他的臉上。

林木頓了頓，又問：「去？」

小狗收回了前掌。

林木愣了一會，覺得這真的太邪門了。

他竟然感覺這隻小狗好像在跟他對話。

不對，撿到的時候牠好像就挺有靈性的。

林木眉頭一皺，感覺此事並不單純。

他看了這小狗半晌，決定先順著小狗的意思，就不去醫院了，至於關於小狗的事明天就先去問問大黑。

「那好吧。」林木直起身來，看了一眼時間，也挺晚了，「今天先睡覺。」

晏玄景目送著林木把大門關上，又轉過身來把他連狐帶毯「嘿咻」一下抱起來，走路帶風，「咚咚咚」地上了樓。

林木直接把小狗搬到了房間裡。

林木的房間不小，多加一隻小狗綽綽有餘。

他看著被他搬上來之後就一直打量周圍的小狗，想了想，還是解釋道：「我睡得很淺，晚上有什麼事情，一有動靜我就會醒過來。」

不管怎麼說到底還是個傷患，得多照顧一下。

反正這小狗也沒有被朝暮燒傷，林木覺得問題不大。

他安置好小狗，去洗了個澡，吹乾了頭髮躺在床上，對旁邊的小狗說了聲晚安。

說完他愣了半晌，歪頭看著趴在毯子上的那團毛茸茸的小動物好一會，突然笑出了聲，在小狗抬頭看過來的時候關上了燈。

林木覺得自己的快樂真的很簡單。

能有個睡前說晚安的對象就很開心了。

媽媽走後就再也沒有人會每天睡前特意跟他說聲晚安。

大學住宿舍時，室友們第一個學期就搓著手臂說大男人天天互道晚安總覺得有些曖昧，林木就閉嘴了。

導致現在一個人待久了，看隻狗都覺得眉清目秀，跟狗說晚安都使他身心愉悅。

林木往床上一躺，看著在黑漆漆的房間裡也依舊白得非常明顯的小狗，心滿意足地閉上了眼，枕著蟲鳴和蛙聲入眠。

在林木睡著後不久，趴在毯子上闔著眼休憩的晏玄景耳朵一豎，驟然抬起頭來，黑溜溜的眼睛在一片昏暗中發出幽綠的光亮。

林木的床靠著窗戶，此刻窗臺下緣探上來一隻肥嘟嘟的小手，幾點紅色在幽暗的光線下晃來晃去，沒一會，另一隻小手也攀了上來。

緊接著一顆小腦袋探上窗臺，是個頭上頂著一串紅彤彤小果實的小娃娃，臉上帶點嬰兒肥，長得冰雪可愛，嘴裡還叼著一枝漂亮的帶花樹枝。

他此刻正艱難地攀著窗臺的邊緣探頭探腦，試圖看清房間裡的情況。

這一探頭，就跟屋子裡的九尾狐對上了視線。

晏玄景無聲而威嚴地看著這個爬上窗的小娃娃，稍微放開了一絲收斂得極好的氣息。

小娃娃頓時嚇得一抖，兩隻小短手沒攀穩，從二樓窗臺跌了下去，落在林木之前搭的雨棚上又滾落在地，發出一聲輕微的悶響。

這個氣味晏玄景認識，是人參娃娃的氣息。

這裡種著朝暮，會有消息靈通的小妖怪跑過來尋求庇護實在是再正常不過的事。

畢竟那些弱小的妖怪基本上沒有什麼能力作惡，又被一些行事凶戾的妖怪當成滋補美餐，跑到朝暮的保護圈裡對他們來說百利而無一害。

晏玄景緩緩地收回了落在窗臺上的目光，看了一眼林木，這個號稱睡得很淺的半妖，在人參娃娃爬上窗又掉下去的整個過程中一動也不動，連呼吸都沒變一下，睡得無比香甜。

晏玄景：「……」

呵，半妖。

他收回視線，重新趴了下來。

第二天一早，林木爬起來洗漱好，燉了一鍋大骨湯，又蒸了包子和米飯，咬著包子把大骨湯泡飯端上樓給了小狗，並仔細檢查了一番小狗身上還暴露在外的傷口。腫脹的右前腿已經完全看不出異常，而左腳上的血塊早已經凝結，看起來也沒那麼淒慘了。

恢復的速度和程度出乎意料的好。

「好像確實不用去醫院了。」林木嘀咕了一句，收回了檢查傷口的手，猶豫了一下，還是說道：「我今天有事要出門去，給你留個小門，要是想走的話就從一樓左邊盡頭那個門出去吧。」

林木說完，看著這隻小狗，抿了抿唇，補充道：「不過我還是希望你能留下來。」晏玄景兩隻前腳交疊著，姿態端莊地看著說完話就轉頭去收拾東西的林木，耳朵輕輕顫了顫。

林木路過了媽媽的工作室，看了一眼昨天被他放在桌上就沒有再打開的幾冊本子，頓了頓，安靜地拉上了房門，轉頭下樓。

今天天氣很好，林木打開了大門，推著摩托車徑直離開了家。

他今天依舊打算去辦公室那邊一趟，雖然還沒有到正式上班的日期，但林木覺得適當的人情是有必要的。

比如幫忙把門窗之類的東西修一修，修不了的比如外牆，就種上一些植物來掩蓋缺陷。

至少看起來不要那麼破爛。

晏玄景在他離開之後慢條斯理地吃完了那一碗大骨湯泡飯，站起身甩了甩左腳，把左腳上凝結的血塊甩掉之後，同樣下了樓，從林木說的那個門走了出去。

路過院子正門的時候，他偏過頭，看到了被插在正面木門上的帶花樹枝，以及帶花樹枝上放著的幾根白嫩飽滿的參鬚。

這是那棵人參娃娃的投名狀，深知妖怪規則的九尾狐很清楚。

可惜林木走得匆忙，完全沒發現自家門上多了點什麼。

晏玄景隨意掃了一眼，也當作什麼都沒看到，轉頭走了。

他也有事要辦。

——關於中原和大荒之間的通道。

中原這邊也有負責鎮守的妖怪，晏玄景在來到這裡之前從他爹那裡得到了一個地址。

A市中原區青要路404號青要公所辦事處。

這是中原這邊負責鎮守通道的妖怪所在的地址。

一人一狐走得頭也不回，風掠過空蕩蕩的庭院，拂過藏在柵欄藤蔓底下的一小串紅彤彤人參娃娃，帶走了一聲委屈的嗚咽。

林木帶著家裡的一些小工具到了辦公室。

他到辦公室的時候還沒有到上班時間，不論是大黑還是那位只聞其名的老烏龜都不在。

林木拿出鑰匙打開了門，稍微打掃了一下辦公室，拿著捲尺拉了張凳子到壞了的窗戶前，踩著凳子量起了窗戶的尺寸。

辦公室的窗戶並不是現在常見的推拉窗，而是稍微有些舊的平開窗，是向外推並帶鎖扣的那種。

林木不知道怎麼更換玻璃，所以他打算直接把整扇窗戶換掉——不過在換之前得先等另外兩位同事到辦公室之後商量一下才行。

林木在紙上記下窗戶的尺寸，又走出門，看了看這破爛房子的外觀，思考著應該買什麼植物來稍作遮擋比較好。

不管怎麼說，這裡好歹也是個辦公場所，以後要經常出入，怎麼樣也要看起來舒服點。

只要大黑和另外一位同事不介意，林木覺得問題就不大。

他過了條馬路，站在馬路對面看著這棟外觀破爛的辦公室，又繞了個圈子到另一條路上看了一眼辦公室的另一側。

辦公室另一側也相當破舊，正對著一座正在建造的文創園區，都市更新大概很快就要更新到這邊來了。

林木看了半晌，心裡多多少少有了點底數，正當他收回目光準備走人的時候，餘光裡應該只有一層樓的破舊建築上方，隱隱約約地出現了一片巨大的黑影。

林木一愣，猛地轉過頭去，卻又什麼都沒看見。

「……」

林木覺得打從他推開了新世界的大門開始，這短短一天裡，生活和眼中所見的世界就極其迅速地變得奇怪起來。

林木納悶著回到辦公室。

大黑已經到了，今天他身上沒穿看起來很規矩的白襯衫和牛仔褲，而是乾脆俐落地套著一身寬鬆的運動T恤加海灘褲。

聽到開門的聲音，大黑轉過頭，似乎沒想到林木今天也會過來，「你怎麼來了？不是還沒到正式到職的時間嗎？」

「反正也是閒著，我看這裡的窗戶壞了，想說先來修一修。」

林木說完，心裡還是很在意剛剛看到的黑影。

換作以前，他多半會當成是眼花或者錯覺，但跟這個公所扯上關係後，就沒那麼容易忽視了。

他思來想去，還是開口問了大黑：「我剛剛閒晃的時候，看到我們樓上有好大一片黑影，仔細看又沒了。」

「啊？你說我們二樓嗎？」大黑隨手指了指辦公室南邊角落的一扇門，「二樓是收藏紙本的資料室，從那上去。」

林木愣了好一會，「我們有二樓？」

「有啊。」大黑點了點頭，解釋道：「普通人看不到的。」

林木小聲喃喃：「我也看不見。」

「因為你才剛意識到自己不是純粹的人類啊。」大黑說著，坐在椅子上小小轉了半個圈，面對著林木說道：「就跟我以前沒意識到自己開了靈智一樣，沒有自己是特殊的這個認知，你就看不到很多東西。」

「唯心主義。」林木說道。

大黑十分嚴肅地點了點頭，「對，就那什麼……我思故我在？就是你認識到自己原來是半妖，就會看到以前把自己當成人類的時候看不到的一些東西。你現在知道我們有二樓了，過幾天你就能完全看清我們二樓的樣子了。」

而既然看得到了，那就必然會發生一些接觸，接著就會慢慢完全進入另一個世界。

「哦，好。」林木點了點頭，指了指窗戶，「這窗戶需要換一換嗎？」

「我跟老烏龜對這地方沒什麼要求，你要是看著難受就換吧。」大黑的話音剛落，在室內的兩人就聽到了敲門聲。

林木起身去開門，門外站著一對年輕男女和一個小女孩。

看起來像是一家三口。

林木愣了一下，「你們好？」

「你好。」那個年輕男人點了點頭，「我們是來辦理戶籍登記的。」

林木聞言，點了點頭，讓開到一旁。

大黑在位子上已經聽到了，手腳俐落地打開電腦，喊他們過去。

林木想了想，決定還是先不去買窗戶，而是關上門回到辦公室，準備看看這邊的辦公流程。

這間公所的服務對象僅有妖怪。

主要的服務對象就是那些想要在人類世界生活的妖怪，為他們辦理戶籍，進行登錄管理，防止他們在人類世界為非作歹。

而成精之後沒有過來登錄的，統統都算黑戶，遇到的話要提醒一下並帶回來登錄，反抗的就打一頓逮回來登錄，而已經犯罪的就直接就地正法。

林木坐在大黑旁邊的辦公桌，看著他打開了電腦裡的登錄軟體，對那一家三口問道：「從哪來的？」

「大荒西，厭火國。」男人說著遞出了一本小手冊，林木看到那本小手冊上寫著「戶籍」兩個字。

大黑聞言，翻了翻那本小冊子，動作一頓，「崑崙虛的赤水邊上？赤水邊上的居民怎麼會跑到中原來？」

男人嘆了口氣，「最近大荒不太平，大家都往幾個大城市擠，我們一家實力弱，被比較強的妖怪霸占了房子，又不敢去偏遠的地方，所以就乾脆來中原了。」

大黑眉頭皺了皺，「大荒也不太平？」

男人眉宇間滿是愁苦，「對，好像是有隱世的大妖出世，四處作亂，已經殺退好幾個國度的領頭妖怪，又是廝殺又是屠城的，十分凶悍。」

「……」大黑沒說話了，拿著戶籍手冊核對了一下，然後劈哩啪啦地敲起了鍵盤。半晌，在本子上蓋了個戳印，把本子還給那一家三口，「好了，你們在青要山範圍裡找個地方住下，記得拿著戶口名簿去找土地神打個招呼。儘量不要外出，最近中原也不太平。」

一家三口拿了本子，鬆了一大口氣，連連點頭，千恩萬謝地離去了。

林木思考了一會剛剛聽到的幾個陌生的詞彙，大概能聽得懂。

中原就是這裡，他們生活的地方。而大荒應該是另一個地方甚至另一個世界，聽起來在大荒生活的好像全都是妖怪。

而厭火國、崑崙虛和赤水，林木對後兩者很是耳熟，在不少以神話為主題的創作看過，而這三個詞聽起來都是大荒的地名。

他抬眼看著皺起眉頭來的大黑，「怎麼了？」

「我就在想，最近怎麼一堆又一堆的小妖怪過來登記戶籍呢？」大黑咂舌，「之前看他們的地址都是大荒一些偏僻小角落就沒多問，這次連天帝下都的居民——哦，你可能不知道，就是崑崙虛，那是天帝在大荒的都城，赤水的發源地，天帝庇佑的地方，那裡的居民都跑來了才問，原來大荒也出事了。」

「嗯？」林木愣了愣，回憶了一下，「記得你昨天好像也說最近出了點事，所以有點忙。」

「是啊。」大黑嘆氣，壓低了聲音，「就……前段時間看到一份資料，說是這幾個月死了不少人，深入一查，發現這些人往上溯源，全都是幾百甚至上千年修真家族的後代。人類高層給我們發了命令，後來各地的妖怪管理處陸陸續續上報每季的妖怪死亡數，就發現最近妖怪的死亡數也超標了。」

「死人的事情聽起來有點像報復。」林木說道。

「肯定是，因為死狀都很慘，所以人類高層才會質問我們。」大黑說完頓了頓，「可是妖怪也被大規模無差別襲擊了，還死了好幾個土地神，聽起來跟大荒到處殺戮屠城的事是同一種模樣。」

林木在這種事上完全沒有發言權，「這種事情一般是怎麼處理的？」

大黑指了指西邊，「我們這邊的青要山，山裡有個通往大荒的巨大通道，因為很大很穩定，所以這是唯一兩邊官方都承認的門，也有些小通道偶爾會突然冒出來，但很隨機，危險性也很高。

「大荒出了這種事，他們的管理階層肯定會派大妖怪過來跟我們聯絡。要是大荒那個作亂的大妖通過這個穩定安全的門跑到中原來，大家就全都完了。」

林木想了想，覺得沒道理。

「一般來說，不應該是禍水東引，把那個大妖怪扔到我們這邊來嗎？」

「……」大黑震驚地看向林木，「林小木，看不出你溫溫柔柔的模樣，心這麼黑啊？」

林木摸摸鼻子，覺得自己的邏輯很完美，並沒有哪裡出了錯。

大黑緩緩地收回了視線，說道：「也是，你還不清楚這其中的利害。」

「中原，人間，是地基，知道吧？」大黑指了指天際一片濃密的卷雲，「你知道那是什麼嗎？」

林木想了想，誠實地答道：「雲。」

「錯了，那是天庭一部分的幻象。」

大黑說完，踩了踩腳底下的地板，「你知道這是什麼嗎？」

林木答：「地板。」

「錯了，這是地府黑漆漆的蒼穹。」

大黑語畢，指了一圈周圍，「你知道這些是什麼嗎？」

林木不說話了。

「天空，土地，花草，水流，中原的一切全都是大荒存在的憑依，沒了中原，大荒瞬間就會消失得一乾二淨。」大黑解釋道：「所以大荒的妖怪，就算是被屠城了，死光了，拋棄大荒全都到中原來避難了，也不能把那個妖怪放過來。」

林木受教地點了點頭，「所以出了這事，會有大咖過來幫忙頂著。」

「對。」大黑拍了拍林木的肩，「跟我們這種小妖怪沒什麼關係，做好自己的事就行了。」

於是林木乖巧地去家具行挑了個尺寸合適的木窗回來了。

大概是事情實在挺嚴重，光是今天上午，從大荒跑過來登記戶籍的小妖怪就有八個，大黑每接待一個就要罵一句曠工的老烏龜。

林木聽他罵了一個上午，把窗框弄好，跟大黑坐在一起吃外賣。

「對了。」林木想起了家裡的小狗，「我昨天撿到了一隻狗。」

大黑夾菜的動作一頓，扭頭看向林木，「是我不夠好嗎？你怎麼還去撿別的狗！」

「……牠自己跑來我家的。」林木說道。

「噢，流浪狗吧，也不容易。」大黑夾了塊肉，「你就照顧一下吧。」

林木點了點頭，「嗯，我打算養牠。」

晏玄景好不容易找到了地方，剛準備抬手敲門，就聽到了稍顯熟悉的聲音。

他輕嗅了一下風中的氣息，那股清洌純和的草木香若隱若現。

裡頭的林木還在跟大黑說話：「我看牠有夠聰明的，就是……能跟我交流的感覺，昨天牠就表達說不想去醫院。」

大黑眉頭一皺，「醫院？」

「對，因為牠受傷了，我看牠身上那些傷很嚇人，好像是被我院子外頭的柵欄弄的……」

門外的晏玄景：「……」

區區鐵釘這麼可能傷到他。

也就是感覺被尖銳的東西戳了一下的不適而已。

那些傷都是在大荒傷到的，好歹也是九尾狐，要是會被普普通通的鐵釘傷到那也太丟臉了。

「我覺得我得負責，而且本來也想養隻狗陪我。」林木嘀咕：「何況牠那麼聰明。」

「那就養吧。」大黑扒飯，無所謂地說道：「你觀察個兩天，要是受傷了不去醫院也能癒合得很快很好，身體特別棒、特別聰明還通人性，那可能就是開靈智了。開靈智的動物其實很多，只是很難察覺到自己的特殊，你好好養，說不定就養成精了。」

林木一愣，神情頓時變得嚴肅，「是這樣嗎？」

那看來是不能帶去醫院結紮了。

「可是我也不確定牠會不會留下來。」林木咬著筷子，「我連名字都想好了，等牠傷好了還願意留下來，就把名字給牠。」

「叫什麼啊？公的母的？」大黑問。

「公的，我想叫牠牛奶糖。」林木想起他媽媽帶他去見過的那隻薩摩耶，又想到家裡的小狗，笑出了兩個小酒窩，「牠超好看的。」

大黑覺得這名字好嗲，但看著林木高興的樣子，又默默閉了嘴。

兩個人悶頭扒了幾口飯，就聽到門口傳來了敲門聲。

「我去開。」林木放下碗筷，轉頭「噠噠噠」地跑去開門。

他拉開門，一邊打著招呼一邊抬頭看去，而後腦子一愣。

這是一張初見就令人異常驚豔的臉，鼻梁高挺，生著一對完美的丹鳳眼與稍顯凌厲的斜眉，一頭青絲如瀑，是肉眼可見像極了綢緞的色澤。再看得仔細些，用膚若凝脂這種對美人的形容來誇讚這個男人也絲毫不過分。

他穿著一身玄色金繡紋的古服，一隻手從廣袖裡探出來做敲門狀，手指白皙修長，手背上隱約可以看到幾絲青紫色的脈絡。

他僅僅只是站在那裡，面無表情，就透著一股肅穆的帝王氣息，不怒自威，身姿挺拔，就像是將矜貴與優雅披在了身上。

林木與他黑色的眼眸對視著，覺得一切都離他遠去，只餘下了如打鼓一般的心跳。

時間彷彿過去了很久，林木才在男人的注視中緩緩回過神來，有些怔愣地讓開了路，看著這個比他高出了一個腦袋的男人邁步走進了這間稍顯簡陋的辦公室。

林木愣愣地抬手摸了摸自己還跳得飛快的心口。

糟了。

是心動的感覺。

第三章

Public Office of Non-human Affairs

林木從沒見過這麼好看的人。

好看得對視一眼就渾身軟軟麻麻的，讓人連最簡單的動作都變得軟弱無力，腦子被攪成了一團漿糊，覺得什麼都凝固住了，只想一動也不動地盯著他看一整天。

林木看著這個好看至極的人從他眼前走過去。他身上的服裝質地與點綴是肉眼可見的精緻高級；一頭長髮垂在腦後，髮尾處被隨意綁縛收束了一番，在滿身的嚴肅裡多出了一絲隨性的味道。

他垂著手邁步，停在門口兩三步的地方，抬眼環視了一周，連簡單的動作都像是被細心雕琢過般的優雅。

大黑轉過頭來，也愣了一下，就迅速晃晃腦袋回過了神，看了一眼還在發愣的林木，站起身去拍了拍他的肩膀。

林木一驚，跑掉的魂瞬間收了回來，還有些倉促的怔愣。

大黑看向站在門口的人，問道：「你好，請問是有什麼手續需要辦理嗎？」

那個男人輕輕點了點頭，「我來找吳歸。」

他的聲音有些沉，語氣平靜無波，顯得有些冷淡疏離。

但依舊是好聽的，若是要用什麼合適的措辭來形容，那就是乍聽上去如同高山之巔的慘白冷雪，清寒刺骨，冷上了天。

林木一聽到這聲音，收回來的魂又恍恍惚惚地飄走了。

「吳歸，吳歸他今天還沒……」

大黑話音未落，門口走進來一個鶴髮童顏、精神矍鑠的老頭。

他穿著件寬鬆的大馬褂，兩手攏在袖子裡，輕飄飄地抬眼看了看辦公室裡站著的三個人，老神在在，「堵在門口做什麼？」

大黑輕輕推著林木回到座位，在他眼前揮了揮手，見林木還有些迷迷糊糊的，無奈地轉頭看向邁過門檻走進來的老人。

老人看了林木一眼，走到他面前張開手掌，然後猛力一握，看著眼神逐漸清明的林木，嘖嘖兩聲：「少年人。」

林木過了兩三秒才反應過來，有些羞赧地抿了抿唇，嘴角兩個小酒窩淺淺的，「不好意思。」

大黑告訴林木：「這就是我跟你說過的老烏龜，名字就叫吳歸。」

老人看了一眼大黑，冷哼一聲，抬手拍了拍林木的背，「倒茶。」

林木向老人打了聲招呼，點點頭，起身去飲水機那邊。大黑也跟著湊了過來，看了看林木，「回過神來了？」

「嗯。」林木不好意思地點了點頭，「這位是……？」

「那張臉我在資料裡看過，九尾狐。」大黑小小聲說道：「大荒那邊青丘國的下一任國主，叫晏玄景。」

林木對這稱謂沒什麼概念，只覺得大概是個很厲害的人物。

「他很好看。」林木也跟著小小聲說道。

大黑咂舌，「你意志力怎麼這麼薄弱，一下子就被九尾狐的魅惑給迷暈了。」

林木茫然地看了他一眼，「……啊？」

「九尾狐嘛，專拐你這種意志薄弱、沉迷美色的傢伙。」大黑威脅道：「下回要是我們不在你身邊，記得看到他就跑，不然你看了那張臉被他賣了都不知道。」

「哎？」林木愣了愣，這才意識到自己剛剛那樣反常的狀態有些不對，不由得轉頭看了看那邊正在跟吳歸低聲說話的男人，想了想，又說道：「可是就很好看啊。」

大黑跟著扭頭看了一眼，然後閉嘴不說話了。

正在跟吳歸說話的晏玄景也微微停滯了一瞬。

大妖怪耳聰目明，對遠處的對話聽得一清二楚。

吳歸察覺到了他這一點停頓，看了那邊一眼，說道：「兩個小孩子，別計較。」

晏玄景搖了搖頭，接續他們剛剛的話題，慢條斯理地說道：「我來幫忙鎮守通道，需要查閱一下這裡的典籍記錄。」

「可以，二樓就是資料室。」吳歸說罷，仔仔細細打量了一番眼前這隻年輕的九尾狐，說道：「最近通道那邊我還控制得住，你用不著太著急，先把傷養好。」

晏玄景並不意外自己受傷的事情會被眼前這個妖怪發現，他輕輕頷首之後，一翻手拿出了幾顆飽滿鮮嫩的靈藥放在桌上，說道：「還請您為最近大荒的事情卜上一卦。」

吳歸眉頭一擰，看了那些靈藥一會，還是收下了。他抬眼看了晏玄景片刻，「我看你跟我們這邊這個小半妖緣分挺深。」

晏玄景一頓。

吳歸觀星卜卦擺陣的道行之厲害，在整個妖怪世界很是出名，哪怕是在大荒也無妖能出其右，他這麼一說，肯定就是事實。

其實也的確是事實。他一開始往那個被朝暮圈著的院子跑，也是抱著想要結個善緣的心思。只不過晏玄景始終分辨不出林木的本體是什麼。

吳歸看他沒反應，眉頭一挑，「怎麼?都什麼年代了，你們還來歧視半妖那套?」

林木正端著茶水走過來，很是歡喜地想著要跟這個長得特別好看的妖怪打聲招呼，結果就聽到這麼一句，不由愣了愣，沉默地把茶水放好，轉頭離去。

晏玄景看著林木走得飛快的背影，停頓了兩秒，才反應過來說了句：「沒有。」

但林木已經聽不見了，上去追著人家說沒有歧視半妖好像也有那麼一點奇怪。

晏玄景沉默了許久，轉回頭問吳歸：「您知道這個半妖的血脈嗎?」

吳歸兩手攏在袖子裡，搖頭，「不知道，他的星星被擋得嚴嚴實實，半點也看不到，八成是什麼不得了的傢伙的後代吧。」

晏玄景聞言，點了點頭，兩人又說了幾句話，就一同起身往二樓走去。

大黑兩眼送著他們的背影消失，轉頭看向跑去窗戶旁準備把窗戶裝上的林木。

林木的臉上沒什麼表情，跟平時看起來沒什麼區別，但大黑就是能從他的神情裡看出了些許不高興的滋味。

大黑腳一踢，坐在椅子上一路滑了過去，「怎麼了？」

「那個九尾狐……」

大黑接話：「晏玄景。」

「那個晏玄景，好像不喜歡半妖。」林木說道。

大黑不以為意，「大荒來的大妖怪嘛，還是地位挺高的那種，看不上我們這種小妖怪半妖什麼的也很正常。」

「哦，也是。」林木點了點頭，悶悶地鼓起了臉，「叮鈴啷噹」地裝好幾面壞掉的窗戶，把工具都收拾好之後又要了大黑的聯繫方式，表示自己下週一正式到職的時候再來上班，扭頭離開了辦公室。

林木長得並不矮，但也稱不上高大，那背影看起來有點像一隻氣鼓鼓的企鵝，拎著一堆重物一擺一擺回家去了。

林木到家的時候天際已經遍布了層層疊疊的火燒雲。

他悶悶地把工具箱往桌上一放，低頭看了一眼時間，這才想起家裡還有隻沒吃午飯的小狗，頓時慌張地跑上樓，探頭往自己房裡一看，卻撲了個空。

林木看著空蕩蕩的舊毛毯愣了好一會，抿了抿唇，在屋裡屋外四處找了一圈，也沒看到那團白色毛茸茸的動物。

他只好打開電腦去看了看監視器，發現今早他剛離開不久，小狗就跟著離開了，看起來走動已經沒有問題，只是左前腿還有些小傷。

林木關掉監視器記錄，像是被戳破的氣球一樣，整個人都洩了氣。

他抵著唇滾上了床，拉起薄薄的小被子，把整個人都藏了進去，覺得自己好慘。

多好看的妖怪啊，林木想。

雖然喜歡外貌這件事說來有點膚淺，但林木就是覺得跟長得好看的人聊聊天，心情都能愉快一整天。

當個朋友也好嘛。

可惜人家長得好還地位高，對半妖毫無興趣。

當然，這對林木來說只是個小小的打擊。

這就是個普普通通的小插曲，他以後會不會再跟那位大咖打照面也還是未知數呢。

對林木來說，最大的打擊還是——連狗也不要他。

他的牛奶糖跑了。

滿懷期待地想著小狗留下來的話，就給牠取名叫牛奶糖，結果小狗跑了。

林木在被子裡縮成一顆球，把腦袋埋進枕頭裡，感覺自己自閉的姿勢一定十分標準。

他自閉了好一會，覺得被窩裡很悶，伸手在枕邊摸來摸去，摸到了小電風扇的開關，把開關打開，從被窩裡伸出腦袋，嘆了口氣。

算了，舊的不去新的不來。

是時候上寵物店去找隻新的小狗回來了。

雖然新的小狗不一定聰明機智還能成精，但傻狗有傻狗的好處，至少不會跑。

林木想到這裡，一個翻身從床上跳起來，穿上鞋拿上鑰匙就「咚咚咚」衝下了樓。

一拉開大門，橙紅的夕陽爭先恐後地湧進屋子，帶著夏日傍晚染上了些許涼意的風拂面而來。

林木跟變回了本體蹲在院子外準備跳進來的晏玄景對上了視線。

林木愣住了。

晏玄景也愣住了。

一人一狐在夕陽底下對視了好一會，林木率先反應過來，整個人都變得明亮了幾分，興奮地跑出去幫失而復得的牛奶糖打開了門。

「你回來啦！」林木把小狗放進來，第一件事就是蹲下身檢查了一遍牠身上受過傷的地方。

一個白天過去，這些傷都已經恢復得差不多，只留下了一些無傷大雅的血塊和傷痕，等到血塊脫落，應該就痊癒了。

「我還以為你走了。」林木鬆了口氣，開心地說道：「既然你回來了，那我來幫你取個名字好不好？牛奶糖怎麼樣？」

晏玄景看了林木一眼，沒說話。

他倒是也想變成人形，畢竟方便，但是這小半妖根本撐不住九尾狐的魅惑，瞬間就會把魂魄給吐出來——哪怕晏玄景這隻九尾狐本狐根本就沒有魅惑這隻小半妖的意思。

作為一個講文明懂禮貌、脫離低級趣味，並不需要靠吸食人類或者妖怪的魂魄為生的九尾狐，晏玄景早在幾百年前就已經極力收斂起自己的天賦了，收不住的部分基本上也不會對別的妖怪造成什麼影響。

誰能想到這小半妖對他人形的抵抗力竟然這麼弱。

——連聲音都能把林木帶著跑。

只有他保持本體的時候，這小半妖還能保持正常了。

說實話，晏玄景活了五百多年，頭一次見到打了個照面就能被他迷得暈暈乎乎的妖怪。

在大荒裡，同樣是半妖，也沒幾個像林木這麼菜的。

至少晏玄景是沒見過。

晏玄景跟在林木身後進了屋。

林木嘴上正碎碎念著今天發生的事，句句不離今天見到的那個超好看的狐狸精。

小色鬼。

晏玄景面無表情地想著，看著林木進了廚房，剛打算找塊乾淨的地方坐下，又像是想起了什麼一樣，轉頭走到院子裡。

林木蒸好飯轉過身，就看到他家牛奶糖站在廚房門口，嘴裡叼著一株不停掙扎的人參，見他看過來了，便把人參往地上一扔。

那人參在地上滾了一圈，變成了一個白白胖胖的小嬰兒，頭上頂著一串紅彤彤的人參籽，緊張地環視了一圈周圍，最終目光落在正架著鍋子的灶臺上，愣了三秒，「哇」的一聲哭了出來。

「嗚哇啊啊啊啊！不、不要吃我！！」

小嬰兒光著屁股坐在地上，哭得好大聲。

晏玄景被吵得皺了皺眉，前腳一抬，小嬰兒的哭聲瞬間收了起來。

人參娃娃覺得自己好委屈。

都要被煮了，還不許大聲哭。

小嬰兒抽抽搭搭的，在旁邊那團白色毛茸茸動物的注視下一動也不敢動，也不敢哭得太大聲，咿咿嗚嗚地哭兩聲，停下來抽咽兩下，小心翼翼地看看林木又看看堵著門的小狗，又咿咿嗚嗚地哭起來。

即便已經看過大黑在他眼皮底下變成人了，但再看一次一株人參變成一個冰雪可愛的小嬰兒，依舊感覺十分刺激。

林木一眼就認出了這個小嬰兒頭頂上那一串紅彤彤的小果實是什麼。

他放下手裡的菜，走到縮成一團抽抽搭搭的人參娃娃旁，「你……」

人參娃娃看著走過來的林木，嗚咽得更淒慘了幾分。

「嗚嗚嗚不、不要吃我……」

林木這才意識到廚房這個地方對於一株人參來說有多不妙。

「我們不會吃你。」林木說道。

人參娃娃眼巴巴地看著他，吸了吸鼻子，「真的嗎？」

林木點了點頭，「真的。」

人參娃娃又轉頭看向站在門口的毛茸茸動物，林木一怔，也跟著偏頭看向了自家小狗。

牛奶糖在他們的注視下緩緩趴下，左腳放在右腳上，姿態十分端莊。

「牠也不會吃。」林木收回目光，問道：「你為什麼被牠抓住了？」

「我……我是來拜碼頭的。」人參娃娃抽咽著擦掉了眼淚，肥嘟嘟的臉上寫滿了委屈，「我本來躲在青要山裡，但是最近青要山來往的妖怪越來越多，我沒地方躲了，昨天看到這裡燒了好多邪魔和厲鬼，就想來尋求庇護。」

「這樣啊。」林木恍然大悟，意識到人參娃娃說的是朝暮燒起來的那件事。

「我可以留下來嗎？」人參娃娃看著蹲在他面前的林木，小聲說道：「我、我不占地方，院子裡……我去院子外面也可以，我、我還可以幫你打理院子裡那些植物，我還會鬆土養土，我……」

「我很有用的。」人參娃娃說著又開始咿咿嗚嗚地哭起來，「我真的很有用的。」

「你別哭啊，又沒有要趕你走。」林木沒照顧過小嬰兒，被哭得手足無措，只好轉頭抽了張衛生紙，幫人參娃娃擦掉眼淚，站起身來並迅速轉移了話題，「你有什麼喜歡吃的嗎？」

「我不用吃東西。」人參娃娃愣愣地答完，才反應過來林木說了什麼，小小一隻一翻從地上爬起來，也沒見屁股上沾到什麼灰塵，蹬起小腳「啪嘰」一下抱住了林木的大腿，童言童語地連聲問道：「真的嗎？我可以留下來嗎？不會趕我走也不會吃我嗎？」

「對，可以留下來，不會趕你走，也不會吃你。」林木答道。

小人參愣了兩秒，破涕為笑，傻呵呵地笑了兩聲，鬆開抱著林木大腿的手，高興得原地跳了幾下，搓了搓手，「那我幫你養花！」

林木看了看小人參，決定回頭拿幾個空盆出來給他去慢慢玩，轉頭從冰箱裡拿出了幾顆蘋果，打汁濾渣，倒了一杯給這小嬰兒，順便說道：「我叫林木。」

小妖怪似乎愣住了，他小心翼翼地捧著杯子，抬眼看了看林木，眼見又是一副要哭出來的樣子，童音裡又帶上了一絲鼻音，「林木！」

「嗯，嗯。」林木點了點頭，對他笑了笑。

「林木！」小妖怪又喊了一聲，使勁吸了吸鼻子，想要說什麼卻卡住了，有些無措，「可是……我沒有名字呀。」

「哎？」林木微怔，沒想到有這麼一回事。

說來的確，他所知道的幾個妖怪，除了晏玄景聽起來像個正經八百的名字之外，另外兩個的名字都挺隨性的。

老烏龜就叫吳歸。

大黑的名字是那位老太太取的。

「那你現取一個？」林木說道。

小人參抱著杯子，喝了口果汁，支支吾吾半晌，問道：「我……我可以跟你姓嗎？」

「可以啊。」林木在他支吾的時候轉頭去洗菜，聽他這麼一說，當下就點了點頭。

「那我就叫林人參吧！」小人參清脆地說道。

林木一愣，輕咳一聲憋住笑意，板著臉嚴肅地點了點頭，「可以，很不錯。」

小人參低下頭「嘿嘿」笑了兩聲，高高興興地念了兩句自己的名字，看林木在忙碌，左右看看，一步一挪試探著往門口湊了過去。

坐在門口的晏玄景輕飄飄地看了他一眼就收回了視線，目光又落在了林木身上。

倒不是有什麼別的原因，而是屬於林木的那股若有若無的氣味，總讓他覺得身心舒泰，以至於就這麼看著這個半妖，似乎也成了一件挺舒心的事情。

晏玄景實在是好奇林木的血脈是什麼。

可惜離開吳歸那裡之前稍微跟那隻犬妖聊了聊，發現林木自己也不知道，不僅是不知道自己的血脈，在此之前，他連自己是隻半妖都不知道。

晏玄景想到林木房間裡的擺設，想起林木的書桌上有一張照片，大概是跟媽媽一起拍的。在看起來像是山中野地的地方，母親環抱著少年的脖子，笑得像少女般明豔而耀眼，而照片中的少年微微噘著嘴，一副不情不願的樣子。

沒有父親。

晏玄景看著林木，想想這隻小半妖屬於妖怪的血脈就源於那個不知名的父親。

在得知這麼個存在的時候，他一時之間有點不知如何評價那位父親。

拋棄妻子從來沒露過面不說，搞得兒子連自己是個半妖都不知道。

但要說他不負責任的話，要遮住自家孩子的星象，又實在不是一件簡單的事情。

晏玄景作為一個大妖怪，心裡非常清楚，林木這麼多年來安安穩穩沒有被任何妖怪騷擾過，就是多虧了那顆被擋住的星星，遮蔽了他人也遮蔽了林木自己。要不是林木自己去考公務員送上門來，他這輩子就會作為人類結束了。

會像那些沒有意識到自己開了靈智的動物一樣，作為人類慢慢老去並迎來死亡。

這麼想來，倒也不失為一個很好的結果。

畢竟半妖中途夭折的可能性遠高於他們能夠安全活過七八十年的機率。

於是晏玄景更加不知道如何評價那位不知名的大妖了。

他看著林木，察覺到人參娃娃小心翼翼地湊近之後，轉過了頭。

人參娃娃嚇了一跳，抱著杯子往後退了一步，小小聲問道：「你……您叫什麼名字呀？」

晏玄景沒答，倒是林木聽到了這邊的動靜，隨口答道：「牠叫牛奶糖哦。」

晏玄景：「……」

人參娃娃：「……」

小人參愣了好一會，才支支吾吾地說道：「牛牛牛奶糖，挺、挺好聽的。」

「是吧。」林木切著菜，高興地說道：「我也覺得挺好的，特別適合牠，白白的軟綿綿一大團毛茸茸，又甜又可愛。」

人參娃娃：「……」

晏玄景顫了顫耳朵，懶得聽了。

他站起來往外頭走去，繞著院子逛了幾圈，伸出爪子在各個地方留下了自己的氣息，圈住這個小院子，用以警告某些心懷不軌的妖怪。

小人參看了看走出去的晏玄景，又看了看哼起了歌的林木，安靜地抱著杯子一小口一小口喝起了果汁。

飯後，林木給人參娃娃拿了幾個空花盆出來，移了幾株多肉植物過去，讓小孩自己種著玩。

接著去修剪了一下快到出貨日的一些盆景，把它們都搬到室內，挑了幾個合適的燈光和角度拍了幾張照片作為留存，傳給了客戶。在徵得同意之後，又在朋友群組裡發了一套照片作為宣傳，然後拉了張凳子坐著，拿出自己的小帳本開始算帳。

林木一直計畫著在小院子裡再蓋間小小的玻璃溫室。

媽媽以前總是羨慕地看著別人家的溫室，可惜當時家裡環境不怎麼樣，媽媽的經濟來源並不算穩定，加上還要養他，以至於一直都沒辦法自己蓋一間。

現在林木一人吃飽全家不餓了，也存下了不少錢，就思考著蓋一間。

而且有間溫室照料這些盆栽，他能省下很多力氣。

他的院子總共四百六十多平方，房子在院子正中間，就只占了一百六十平方。院子挺寬敞，也沒鋪水泥地，蓋了草皮，除了圈出來擺放盆栽的一塊地之外，整座院子就只剩下林木小時候跟媽媽一起做的鞦韆。

距離正式到職還剩下五天的時間，林木看著自己的帳戶餘額，決定趁著這幾天空檔去確認一下造價，如果可以的話，趕快把溫室蓋起來。

結果林木發現他家的小狗竟然比他還要忙碌。

每天吃完早飯就跑出去，到了天快黑的時候才回來。

這也就算了，週末的時候牛奶糖竟然整整兩天都沒回來！

林木今天要去上班，起了個大早，洗漱完就發現消失了兩天的牛奶糖又趴在了新買的窩裡，看起來軟軟的，睡得很舒服。

還知道回來！

林木瞪圓了眼，想去把小狗搖醒，手伸到一半又縮了回來，瞪著睡得香甜的小狗半晌。

小狗睡得十分安穩，絲毫沒察覺到林木的殺氣。

林木瞪了一會就洩了氣，氣呼呼地揉了一把小狗的腦袋。

可能這就是養兒子的滋味吧。

林木老氣橫秋地嘆了口氣，然後「咚咚咚」地下樓去做了份狗食。

「小人參？」林木推著摩托車出了屋子，喊了一聲：「我去上班啦，牛奶糖的飯我在鍋裡熱好了，牠醒了你幫我餵一下呀？」

聽到不知道哪個角落傳來了童言童語的應答，林木跟躲在自家院子裡的小人參道了別，騎著摩托車離開家，上班的路上越想越覺得心裡不是滋味。

他決定去找同為小狗的大黑，問問牛奶糖這是怎麼回事。

「這你還用問？」大黑有些驚奇，「你被當備胎了吧！」

「什麼啊？」林木渾身一震，「養狗還能把自己養成備胎？」

「人類都知道不能把雞蛋放在一個籃子裡，流浪狗啊，還是可能開了靈智的，牠挑幾個人一起養牠不也很正常？偶爾也會有普通的狗這麼做。」大黑說道：「牠可能在吃百家吧。」

林木聞言，愣了好一會，張了張嘴，又閉上，整個人以肉眼可見的速度萎靡了下來。

「……那我要不要乾脆再去弄隻小狗養啊。」林木小小聲地說道。

「那你的牛奶糖可能就會跑了。」大黑頓了頓，又補充道：「或者牠也可能把新來的那隻狗咬死。」

林木猶豫不決。

「這樣吧。」大黑靈機一動，「今天下午我跟你回去，牠要是跑了你就養新的；牠要是要跟我打架肯定是打不過我的，到時候我就跟牠談談，怎麼樣？」

林木兩眼一亮，覺得可行。

幫新同事解決了心事，大黑心裡很是滿足。

他花了一個上午的時間一步步教林木一些基礎的工作流程，吃完午飯之後搓了搓手，蹭到了林木身旁，「我下午翹個班啊？有點事。」

林木一愣，點了點頭，「好啊，我一個人應該忙得過來。」

「太好啦！」大黑咧嘴一笑，從櫃子裡拿出了一套嶄新的白襯衫和牛仔褲。

這身衣服一拿出來，林木就知道大黑翹班是打算去幹什麼了。

「最近老烏龜工作上好像遇到了點麻煩，一直都是我單獨待在這裡，麻煩死了。」大黑在那邊一邊換衣服一邊說道。

林木已經不指望這隻小狗具備同等於人類的羞恥心了。

他轉過頭去不看，聽到大黑這話，問道：「什麼麻煩？」

「好像是之前來的那個九尾狐拜託他卜了一卦，算出了不得了的事情。」大黑答道：「最近一直因為這件事情奔波，磨磨蹭蹭的，搞得我都沒時間去看看老太太。」

林木聽到大黑這麼說，微怔，「老太太……」

大黑的聲音聽起來挺平靜，「我週末去看過她，大概是迴光返照了，這幾天面色紅潤精神飽滿，有不少親戚朋友和她以前的學生聽聞消息回來看她了，人也高興，挺好的。」

老太太一直都是溫柔嫻靜的性格，再激烈也還是那副溫溫柔柔的樣子，這幾天突然變得活躍起來，她從國外趕回來的一雙兒女心裡大約也有個底了。

人到了天命之年總有所感。

大限將至，迴光返照，大約也就要走了。

「老太太曾孫女都三歲了。」大黑說完就沉默下來，窸窸窣窣穿好了衣服，「我下班時間回來，你先去忙吧。」

林木點頭，「好。」

他目送著大黑走出去，見沒有人來，就上了二樓資料室。

五天下來，林木已經可以看清楚辦公室二樓的影子。

那是一片暗沉沉的黑色樓閣，之所以用「一片」來形容，就是因為它幾乎覆蓋了這一整條街道的上空。

整體呈現出十分不規則也不科學的扭曲形狀，像是不懂事的小孩子隨意疊起來的積木，一個方塊上疊著另一個方塊，偶爾還有一部分格外的凸出。

蓋得歪歪扭扭的，一點都不符合建築力學和美學。

更不科學的是陽光從那些扭曲的縫隙流淌下來，然後不知原理地均勻鋪灑在了整條街道上。以至於頭頂分明是遮天蔽日的建築，但身處街道上卻一點都不會覺得被遮住了光。

樓閣外頭是漆黑的磚牆與暗金色的瓦片，砌得整整齊齊的，簷下掛著與暗沉的建築顏色截然不同的亮色燈籠，哪怕是大白天也能看清燈籠裡照出來的紅光。

整座樓閣沒有一扇窗戶，所有的光線都被遮蔽得徹徹底底。

林木還是頭一次正式上二樓來。

從樓梯上來之後，正面是一個圓形的空間，中間的小平臺可以站大約五個人，踏上平臺抬起頭，只能隱隱約約看到小成了一個黑點的穹頂。

而周圍全都是擺放得密密麻麻的書籍，看起來材質與書寫年代不一，舊的甚至是泥板木簡之類的材質。

說是資料室，實際上是座巨大的圖書館，擁有著遠超世界上任何一個圖書館的大小和藏書量。

據說像他們這樣的單位，國內足足有五個。

之所以面積寬闊且藏書量這麼大，是由於這裡所收藏著的資料最早可追溯至上古。事到如今，最早可考資料的年分，連負責鎮守這裡三千多年的老烏龜也說不準。

為了保持歷史的完整性，妖怪一方默認所有的爭鬥都必須遠離這五個地點，至於人類的爭鬥則無所謂，反正他們對這些資料室看不見也摸不著。

想要查閱資料的時候，只需要走上平臺後說出關鍵字，就會被平臺送往保存著相關資料的地方。

大黑向林木強調過，這個資料室存在這麼久了，早就生出了精怪，曾經有些心懷不軌的妖怪進來想搞些小動作，沒過多久就變成一具屍體被扔下樓了。

所以上去一定要心懷善意，且誠懇。

林木從大黑那裡聽來了使用方法，真正置身其中的時候還是十分震驚。

他驚嘆地拿了幾本大荒和中原的相關資料，那些古舊的資料一入手，就變成了林木可以看懂的文字，隨手翻閱一下，裡頭還貼心地配上了彩色插圖。

林木輕輕「咦」一聲，抬頭看了他所處的這個資料室一圈，輕聲問道：「請問我可以帶下樓去看嗎？還有其他工作。」

腳底下的平臺微微顫動了一下，「嘟嚕嚕」地把林木送回了門口。

林木道了聲謝，小心地抱著資料下樓，坐在位置上開始翻閱起來。

大黑跟林木說過，大荒是依託於中原存在的，林木原本不大明白，一翻書就清楚了。

大荒、天庭、地府和一些神話傳說裡才有的地方，全都是依賴著中原才能存在，就像是投影一樣。

妖怪、神仙和鬼，全都生活在這些投影裡，他們能夠清楚看到中原的一切，但對於生存在中原的普通生靈而言，他們都是虛幻的泡影，並不存在。

除此之外書裡還提到了這些特殊地域的主要勢力分布範圍，內容極其詳細，細到那些勢力高層的個人興趣愛好，都被歸類得清清楚楚明明白白。

而最前方的勢力就是大荒東方的青丘國。現任國主晏歸，繼承人晏玄景。

林木懷疑這是資料室裡的精怪故意作弄他。

他滿臉嚴肅地看著這些資料，一翻開青丘國的部分，人物篇章的頭兩頁就把晏玄景和他爹的資料寫得明明白白，連本體圖片都有。

通體雪白的巨大狐狸巍峨如山，似乎是察覺到了什麼，兩隻九尾狐都拿毛茸茸的九條尾巴遮住了本體的大半，讓人看不完全。

林木乾脆地略過了晏玄景他爹的那一頁，掃了一眼晏玄景的資料，發現喜好那一欄裡是一些他沒有聽說過的名詞。

不過下方有解釋，林木看了一遍，發現這隻狐狸喜歡吃鳥類。

林木看了一整個下午的資料，中間跌跌撞撞但也算圓滿地解決掉了一部分工作。

到了下班的時間，大黑回來了。

林木一邊收拾桌上的資料一邊問道：「老太太怎麼樣？」

「也就這兩天的事了。」大黑解開襯衫的前幾顆釦子，「走了，下班吧。」

林木點點頭，帶著大黑回去的路上順便去了趟菜市場，買了兩隻宰好的鴿子，路過村口德叔家的時候，又從他那裡買了隻活雞。

大黑看著自己幫林木拎著的兩隻鴿子和一隻雞，「你買這麼多做什麼？」

林木也不知道自己為什麼突然就買了這些，思來想去覺得可能是晏玄景愛好上那一大串各種各樣的鳥類勾起了他的食欲。

「就突然想吃。」林木騎著摩托車，問坐在後座、今天要在他家吃晚飯的大黑：「你不喜歡吃嗎？」

大黑搖了搖頭，「我都行。」

林木放下了心，看到自家院子的大門了，又說道：「鴿子一隻烤一隻燉湯，老母雞的話炒著吃？」

大黑想了想，覺得生吃也不錯，他張嘴剛想說話，就嗅到了一絲極具威脅和攻擊性的氣息，擺明就是特意留下來的標記，帶著濃重的凶煞和血氣，滿滿的都是警告的意味。驚得他一彈就從林木的後座上跳了下來，驚疑不定地看著不遠處的院子。

林木被他嚇了一跳，趕緊按下剎車，轉頭看他，「你幹嘛啊?!」

大黑拎著兩隻鴿子和一隻雞，十分謹慎，「那座院子是誰家？」

林木順著他的目光看過去，「我家啊。」

大黑：「……？」

大黑愣了兩秒，「你家最近是不是來了什麼妖怪？」

「呃……」林木看著大黑的反應，乾脆地答道：「一株人參。」

「人參？」

「對，人參。」

「……」大黑猶疑不定地看了看林木，又看了看院子，再一次確認道：「人參？」

林木點了點頭，「是啊，挺可愛的小人參。」

「……」大黑皺起了眉，「它沒傷害你吧？」

林木低頭看了看自己，「你看我完完整整的。」

大黑看了看林木，想著怎麼也得幫這懵懵懂懂的小半妖排除一下威脅，於是把手裡的老母雞往地上一放，先傳了封簡訊給老烏龜以防萬一，然後把手裡的東西塞給林木，變回了自己比較熟悉且戰鬥力較強的本體，十分嚴肅地說道：「我懷疑你家裡來了個超凶狠的大妖怪。」

林木看著大黑這一副如臨大敵的樣子，也跟著緊張起來，推著摩托車一步一頓往自己家裡走，「也有可能，我家新來的那株小人參好像挺吸引妖怪的，不過朝暮不是能防禦嗎？」

大黑聞言覺得也對，多少鬆了口氣，抬眼看了一圈林木家的小院子，愣了愣，「你幹嘛把朝暮種成一圈荷包蛋？」

林木一頓，「……我種的是太陽形狀。」

大黑沉默了兩秒，乾巴巴地，「……哦。」

林木遲疑地看了自家院子一圈，「真的像荷包蛋？」

「沒有沒有，像太陽。」大黑世故地改口，說完就閉上嘴，凝神警戒，小心謹慎地靠近院子。

一人一狗剛走到院子門口，一團白色的毛茸茸動物就從側邊的小路裡走了出來，嘴裡還叼著隻不停掙扎的麻雀，正面對上了正準備開門的一人一狗。

大黑聽到了翅膀拍打的聲音，警覺地扭過頭去，那一團白色生物便伴隨著一絲稍顯熟悉的清淨之氣撲面而來，然後大黑整隻狗就陷入了無聲的寂靜。

林木毫無所覺，摩托車一放，就「噠噠噠」地跑過去蹲下，哄著他家牛奶糖把嘴裡的麻雀給放了。

林木真的想不明白，牛奶糖明明是隻狗，不知為何姿態和習性都像隻嬌生慣養的貓。

老父親林木憂愁地嘆了口氣，「不要吃這種野生沒煮熟的東西啊，萬一染上什麼病了怎麼辦，你又不想去醫院……」

說到這裡，林木發現小狗的目光完全沒在他身上，而是盯著大黑，眼睛一眨也不眨的，異常專注。

而大黑蹲在原地，也盯著牛奶糖，一動也不動。

「那是大黑。」林木說道。

牛奶糖的耳朵顫了顫，大黑在他的注視下抖了抖，也不敢移開視線，生怕一個動作自己就被眼前這隻九尾狐給生吞活剝了。

林木看了看大黑又看了看牛奶糖，對於小狗之間的眼神交流實在摸不著頭緒。

他遲疑了一瞬，還是說道：「我準備養牠。」

牛奶糖聞言，轉頭看了一眼林木，然後目光又重新落在了大黑身上，上上下下打量著。

……

……

「……」

搞什麼啊！！

怎麼回事啊！！

大黑整隻狗都要瘋了。

你他媽來之前可沒說過你家牛奶糖大名叫晏玄景啊！！

林木你害我！！！

第四章

Public Office of Non-human Affairs

大黑懷疑自己今天就要死在這裡了。

誰他媽能想到，林木口口聲聲說的牛奶糖小可愛，竟然是晏玄景呢！

反正大黑是沒想到，看林木這副樣子，似乎也是一無所知。

大黑覺得這不能怪他一開始沒分辨出來。

因為晏玄景之前給他留下的印象是一個渾身都充斥著清淨與聖潔之氣的大妖怪，一看就是一身正氣十分莊嚴的面相，那氣息中也一點凶戾的雜質都沒有。

活脫脫就是個出世則天下安平的瑞獸。

誰能想到，這麼大一隻瑞獸，圈起地來氣息能這麼嚇人，簡直跟手上沾滿了殺戮的凶獸沒有任何差別。

不對。

這麼一想，在與九尾狐相關的各種記載裡，的確是又凶又吉。

凶的依據是每逢君王失道、氣運傾頹的時候，總有九尾狐在背後攪風攪雨的痕跡。而且九尾狐的食譜裡，排第一的就是人類和生靈的魂魄。

但說他是瑞獸也同樣證據充足，在太平盛世的時候，人類的修行者總能窺見九尾狐和其他瑞獸結伴而行的虛影，再加上九尾狐通體雪白沒有一絲雜色，被視作聖潔祥瑞的象徵實在是再正常不過。

具體到底如何，大黑多少也知道一些，其實就是個體差異而已。有的妖怪喜歡我行我素不管他人死活，而有的則會用理智約束自己。

但在人類看來，都是九尾狐，他們也分不清到底是不是同一隻，於是記載裡就統稱為九尾狐了。

雖然記載不完全是事實，但作為參考大致也能判斷得出九尾狐這類妖怪的一些習性。

比如喜歡攪風攪雨，喜歡到處交際，還喜歡狡猾地藏在背後搞小動作之類的。

這種情況大黑是完全能理解，但他不能理解為什麼晏玄景能藏起渾身血氣，表現得一身正氣，彷彿整隻狐狸都冷清聖潔、纖塵不染，聞起來跟血腥之類的事情毫不沾邊。

連對於凶煞罪孽最敏感的朝暮都被騙過去了。

大黑看著晏玄景，腦子嗡嗡響。

他想提醒林木小心一點，卻又在大妖怪的注視下一動也不敢動。

大黑和牛奶糖雙方保持著高品質的沉默。

林木看看這個又看看那個，更加摸不著頭緒了，「要不……我們先回家？」

於是晏玄景率先收回了視線，似乎並沒有把大黑的存在放在心上。

林木推著自己的摩托車，想到大黑之前說自家可能來了個凶狠的大妖怪，不由得凝神觀察了一下院子。

結果他觀察了幾秒，也只看到有一株紅彤彤的人參從土裡冒出來，繞著院子轉圈圈。

據當事參表示，這是在養土。

養土的意思就是讓土地沾上靈氣。植物的精怪長期停留和活動的地方，土地會因為沾上了他們的靈氣，草木生長較平常的地方茂盛許多。

林木看著勤奮認真的人參娃娃，開始考慮要不要在自家院子裡種點菜，好給小人參找點正事做。

要是一直像現在這樣頂著一串人參籽在土裡鑽來鑽去鬆土養土，怕是早晚有一天會被路過的村民拔了燉湯。

……怎麼看，都不像是什麼凶狠的大妖怪。

誰家大妖怪會跑到別人家裡來幫忙種田啊。

林木打開了院門，「我回來了。」

那串紅彤彤的人參籽停頓了一瞬，下一秒那棵白嫩飽滿的人參就把自己從土裡拔了出來，邁著兩條根跑到林木腳邊，轉頭看了看林木身後一黑一白兩隻妖怪，拔了幾根鬚鬚下來，跳著要遞給林木，「林木林木，拿去泡茶！」

林木被他拔自己根鬚的動作驚了一下，蹲下身來心疼地看著只有一個巴掌大的小人參，「疼不疼啊？」

「不疼。」小人參童言童語地說道，把參鬚塞到林木手裡，「你拿去招待客人呀。」

林木想了想，還是收下了這幾根參鬚。

大黑眼觀鼻、鼻觀心地跟在晏玄景後頭，一聲也不吭。

他不明白，堂堂九尾狐晏玄景，跑到人家小半妖家裡是想幹什麼。

雖然看起來好像沒什麼惡意。

也幸好沒有惡意。

大黑垂著眼，簡直百思不得其解。

「我今天買了兩隻鴿子和一隻老母雞。」林木說道。

晏玄景聞言，抬頭看了一眼林木手裡的塑膠袋和活雞，兩眼微亮。

林木看大黑和牛奶糖並沒有打起來的架勢，感覺有些高興。

他十分信任大黑，於是把放在車座上的東西拎起來，轉頭對兩隻小狗說道：「老母雞處理起來有點麻煩，我先去弄晚飯，你們先聊？」

大黑：「？」

不是。

搞什麼啊！

怎麼回事啊！

你竟然還想放我一隻狗面對這隻九尾狐！

林小木你有沒有良心！！！

我看你就是想害我！！！

我只是一隻無辜弱小剛成精的小狗，為什麼我要經歷這些！

大黑覺得委屈極了，但大黑不敢說。

他眼睜睜地看著林木拎著今天晚餐的食材跑了，跟著他跑掉的還有感官極其敏銳、發覺氣氛不對的小人參。

白嫩飽滿的小人參邁著兩條根脈，一扭一扭地跟在林木後頭，走進屋裡之後就變成了人形，光著屁股邁著小短腿，扯著林木的衣襬，回頭看一眼對峙的兩隻小狗。

「林木，那隻狗狗是怎麼回事啊？」小人參問，「他也是來投靠你的嗎？」

「不是哦。」林木把手裡的食材放上灶臺，洗了手，從冰箱裡拿了杯優酪乳，插好吸管遞給小人參，「他是我同事，過來幫我跟牛奶糖談談的。」

小人參咬著吸管，「談什麼呀？」

「談牛奶糖以後好好看家的事。」林木說道：「牛奶糖不能好好看家的話，我考慮去養一隻新狗狗。」

小人參是野生的小妖怪，不太會分辨其他妖怪的種族和外貌。聽到林木這麼說，也沒覺得有什麼不對，只是吸了口優酪乳，小聲說道：「我也可以看家呀。」

林木聞言笑了笑，哄他：「嗯嗯，小人參很厲害。」

但林木怎麼可能放小傢伙一個人看家呢——畢竟小人參看起來就是那種一不小心就會被人抓走拿去燉湯的小妖怪，殺傷力甚至不如幼貓的小爪子。

小娃娃不好意思地抿著唇笑了笑，扒著灶臺，問道：「我可以幫忙嗎？」

林木點了點頭，「可以，來幫忙洗菜。」

與廚房裡和睦而溫馨的畫面截然相反的，是兩隻狗……不對，是一狗一狐之間稍顯緊張的氣氛。

晏玄景在等大黑開口說話。

而大黑覺得自己要死了。

過了半晌也沒等到大黑的第一句話，晏玄景終於主動開口了，「你有事找我？」

「……」大黑張了張嘴，反射性地猛搖頭，「沒有沒有。」

說完又反應過來，點了點頭，「有有有！」

晏玄景掀掀眼皮，「說。」

「……是林木的事。」大黑小心地問道：「您為什麼待在林木家裡？」

「因為舒服。」晏玄景並沒有把自己待在這裡養傷的理由告訴大黑。

把自己受了傷需要休養的消息告訴別人，那簡直就是傻子的行為。

晏玄景想了想，以為大黑這是來幫林木確認安全的，於是說道：「我不會傷害他。」

大黑聽到這句話，鬆了口氣。

知道牛奶糖就是晏玄景之後，大黑馬上就明白為什麼牛奶糖會天天往外跑了。

因為老烏龜最近很忙，所以晏玄景需要暫時幫忙看管一下青要山通道，防止有什麼妖怪不登記就偷渡過去。

偷渡的危害挺大的，比如這次在大荒鬧出腥風血雨的妖怪，就是隻沒有登記的黑戶，導致他們到現在都不知道那個妖怪的本體是什麼，極難做出針對性的安排。

人家牛奶糖出去可是為了做正事。

大黑斟酌了一下用字，說道：「林木覺得您留在家裡的時間太少了，所以希望您能夠多在家裡待著。」

這話一起頭，後面的就順暢許多了。

「林木是作為人類長大的，他並不知道您的身分，只是把您當成普通的……呃，寵物。人類會希望得到寵物全心全意的陪伴，而且林木如今是孤身一人，所以對於這方面會更在意一些……」

大黑碎碎念著，覺得林木沒爸沒媽一個人生活，還不知道自己的本體是啥真的好可憐，如果可以的話，非常希望能夠有人陪伴照顧一下這隻弱小可憐又無助的小半妖。

「您要是一直都十分忙碌的話，他想要另外買一隻寵物犬回來——如果您不介意。」

要是晏玄景介意的話，普通的寵物犬根本無法待在大妖怪身邊，九尾狐一個眼神都能把普通寵物犬嚇死。

實質意義上的嚇死。

「這是他家，他說了算。」

晏玄景並沒有意見，只是有些驚訝林木看上去挺樂觀開朗，心思竟然如此敏感孤獨。

他是真的沒想到，因為林木每天都忙忙碌碌停不下來的樣子，乍看就是個能夠從忙碌工作中收穫快樂和滿足的人。

而自己待在他身邊的時候，也總是覺得十分輕鬆愉快。

晏玄景想了想，說道：「不過我最近不會很忙了。」

吳歸要回來了，晏玄景可以安心一段時間養傷，然後等著被吳歸動員的妖怪們查到了他們想要的情報後再有所動作。

大黑明白了這話的言下之意：可以暫時不用考慮買寵物犬了。

畢竟普通的小狗跟妖怪待在一起是真的很容易出意外，尤其是一個眼神就可以殺掉一大群普通生靈的大妖怪。

大黑點了點頭，表示明白，接著遲疑了兩秒，還是問道：「您為什麼以本體……呃，我是說，為什麼不告知林木您的身分？」

因為那個小色鬼扛不住啊。晏玄景面無表情地想，並實話實說：「他不懂得抵禦九尾狐的魅惑，連聲音都不行。」

大黑：「……」

對哦。

「那要不要告訴他？」大黑又問。

「不用了。」晏玄景站起身來，「我也不會留太久，沒有必要。」

大黑吃晚飯的時候看著得到了好消息，高高興興地餵了一大堆食物給小狗的林木，欲言又止、止言又欲，最後沉默地把話憋到了肚子裡。

他離開的時候天都黑了，走到半路上口袋裡的手機震了震，摸出來看了一眼，發現老烏龜回了簡訊。

簡訊就一句話：**人家兩個有緣人的事你亂攪和什麼？**

大黑看完這封訊息，愣了許久，渾身一震，扭頭看向遠遠亮著燈的林木家院子。

林木才二十三。

晏玄景都五百多了！

大黑震驚了老半晌，只覺得別看那隻九尾狐一身正氣的樣子，果然本質還是禽獸沒有錯。

而被評價為禽獸的晏玄景，在林木準備熄燈睡下的時候，蹲在了床邊。想到大黑飯前碎碎念著這隻小半妖孤身一人內心十分孤寂，還缺乏安全感之類的話，略一思索，乾脆跳上了床。

林木嚇了一跳，「牛奶糖？」

晏玄景看了他一眼，在林木身邊趴了下來。

林木愣了好一會，才反應過來他家小狗是想跟他一起睡覺，不由得露出笑容，張開雙臂給了牛奶糖一個熊抱。

牛奶糖的體型比成年薩摩耶稍小，但作為一個抱枕卻非常合適。

皮毛順滑，軟綿綿，暖烘烘，還香香的。

林木也剛洗完澡，渾身都透著一股牛奶沐浴乳的奶香，摻雜著一絲細微的草木香，令晏玄景忍不住放鬆下來，精神十分平和舒適，甚至想要翻身露出肚皮。

林木靠著他家突然主動親近的牛奶糖蹭了蹭，伸手關上了燈，心滿意足地說了聲晚安。

晏玄景顫了顫耳朵，在林木睡著之後看了這隻小半妖好一陣子，毛茸茸的尾巴一甩，把蜷縮著的林木整個圈住，正要闔上眼也進入睡眠，就被小半妖突如其來一腳給踹下了床。

晏玄景被踢下床，愣了兩秒，看了一眼跟他一起被踢下來的蓋毯，隱隱約約聽到床上的小半妖嘀咕了幾聲熱。

「……」

臭小鬼！

晏玄景十分震驚。

晏玄景面無表情。

晏玄景把被子叼回去給他，而林木睡得無比香甜。

我看這小兔崽子一點都不需要陪伴。

九尾狐想道，冷酷地用蓋毯把林木捲成了一條春捲，無情地睡回了林木買給他的狗窩。

林木早上醒來，發現自己捲著被子睡成了一條春捲。

怪不得昨晚上夢見自己被關小黑屋，叫天天不應、叫地地不靈。

林木躺在床上愣了好一會，等到鬧鐘響起來，才慢悠悠地打了個滾，把自己從春捲裡滾出來，翻身下床。

換好衣服疊好小被子，林木這才想起昨晚跑過來陪他睡覺的小狗沒在床上。

他轉頭看了一眼狗窩，發現狗窩也是空的。

林木愣了愣，把床整理好了下樓去，就看到小狗趴在敞開的大門口，而廚房裡飄出來了一陣清甜的香氣。

林木深吸口氣，只覺得睡得有些迷糊的腦子瞬間清醒了不少，探頭往廚房裡看了一眼，見到電子鍋正開著保溫模式，打開看一眼，發現是一鍋小米粥，粥裡還放著兩根細細的參鬚。

這小米是林木在商場買的，煮過幾次粥，但遠沒有今天的這麼香。

看來香的應該是裡頭的參鬚。

林木把鍋蓋蓋上，轉頭出了廚房，走到家門口，就看到人參娃娃揮著小鏟子在「嘿咻嘿咻」地翻土。

「早安。」林木向牛奶糖和小人參打了聲招呼。

小人參發覺他來了，抬起頭露出甜甜的笑，童言童語地打招呼：「林木早呀！」

而小狗只是顫了顫耳朵，看也不看他。

林木看看小狗，蹲下身摸了摸牠的腦袋。

小狗依舊愛理不理，甚至晃了晃腦袋，把他的手甩了下去。

這下林木終於察覺到不對了。

他家小狗好像在跟他鬧脾氣。

——可是昨晚上還甜甜蜜蜜地一起睡呢！

林木收回手，神情凝重地看著趴在地上的小狗，開始認真思考自己到底做錯了什麼。

應該不是帶大黑回來這件事，林木想，畢竟大黑走了之後牛奶糖就突然親近起他來了，大黑也說牛奶糖願意當他一個人的狗了——雖然他原話不是這樣說的，不過意思大致上就是這樣。

昨天煮的鴿子和老母雞，牛奶糖也吃得很香啊。

那到底是哪裡不對。

林木微微皺著眉，想了半天也沒想出個名堂來。

總不會是他睡相不好半夜把牛奶糖踹下床了吧？

林木：「……」

告非。

林木想起昨天牛奶糖吃得香噴噴的鴿子和老母雞，決定今天再弄一隻回來給牠加菜。

做好決定，林木轉頭看向勤勉誠懇的小人參，問道：「電鍋裡的粥是你煮的嗎？」

「是呀，我之前看你煮過。」小人參點了點頭，聲音軟綿綿的帶著些甜，「這樣你就能多睡一下啦。」

林木一怔，心上像是被什麼細小的東西溫柔地刺了一下，暖洋洋的情緒流淌而出，甜膩而酥麻，爬滿了全身。

他緩緩回過神來，揉了兩把自己不自覺露出笑容的臉，點了點頭，「好，我去吃早餐。」

加了參鬚的小米粥有幾分格外清甜的味道，喝完一整碗覺得全身上下沒有哪個地方不舒服的。就像是泡澡搓澡按摩一條龍下來之後又睡了個飽飽，精力充沛，連眼前的視野都變得清晰了幾分。

林木沒吃過普通的人參，但他能肯定普通人參絕對沒有這個效果。光參鬚就這麼厲害，要是把整株人參都燉了，恐怕真的能包治百病、重回青春、延年益壽，也怪不得人參娃娃要四處躲藏了。

林木把剩下的粥裝好給小狗，看時間還早，就拿了鋤頭去院子，跟人參娃娃一起翻土。

他昨天跟小人參說打算在院子種點菜，得到了非常積極的回應，人參娃娃對於自己有事情做這件事非常的開心。

林木揮起鋤頭，一鋤頭下去，薄薄的土層就像沙土一樣被輕易翻了起來。

他一挑眉，轉頭看向小人參，「你鬆過土了？」

「是呀，我很擅長鬆土的，以前在山裡，都是我幫那些草木伯伯們鬆土的。」小人參說完，扭扭捏捏地拉了拉自己的小肚兜，小聲問道：「林木，我可不可以在你這裡種點靈藥呀？」

「靈藥？」林木疑惑地問道：「什麼靈藥？」

「最近山裡好多外來的妖怪，總是起衝突，我認識的好幾棵老樹都受傷了，我想帶點藥去給他們……」人參娃娃說著，不知道從哪裡掏出來幾個鼓鼓的小袋子，「這幾百年我收集了好多種子。」

林木看了看那些種子，乾脆不種菜了，跟小人參一起把那些種子種下，蓋上了土。

小狗吃完了今天的早餐，看著在院子裡忙得熱火朝天的一大一小，想了想，自己把盆叼回了廚房，扔進了洗碗槽裡。

結果林木上班險些遲到，進辦公室的時候大黑正癱在椅子上神遊。

聽到林木進來的動靜，轉頭看了他一眼，哼了一聲算打過招呼，然後又收回視線，繼續發呆。

林木在自己的座位坐下，看了看明顯狀態不對的大黑，猶豫了一下，還是問道：「發生什麼事了嗎？看你好像不怎麼高興。」

「嗯。」大黑點了點頭，「老太太昨晚上走了。」

林木聞言腦子一愣，喃喃說道：「抱歉。」

「道什麼歉？」大黑有些疑惑。

「昨天晚上，你不是在我家……」

「不是，我從你那裡離開之後去看了她，在她被鬼差帶走之前見了一面。」大黑說著，無意識地搓了搓手，「她走得很安詳。」

大黑是用本體去的。

去的時候老太太的魂魄平和地坐在沙發上，遺體在床上闔著雙眼，神情無悲無喜，顯然是在睡夢中安然地停止了呼吸。

房間裡沒有別人，深夜裡大家都睡了，老太太就在房間的沙發上，安靜地等待。這一等，等來了翻窗進來的大黑。兩人面面相覷了好一會，大黑搔了搔頭，變回了原型。

老太太過完最後的日子，心情平和而寧靜，看到眼前活人大變，也只是微微驚訝了一瞬，而後慈愛地笑著，對大黑招了招手。

「她說……當初見到我人形的時候就覺得親切，就跟養老院的人說，如果是我去的話就讓我進去。」大黑說著傻笑了兩聲，「不然我哪能一直去。」

大黑碎碎念了一陣，蒙在心上的難過不知何時消失得一乾二淨，想起走掉的老太太，滿心都是那些美好又溫柔的記憶。

「哎，跟你聊聊真高興。」大黑臉上那點呆怔的陰鬱消失得一乾二淨，又恢復了那副活力四射的模樣，抱怨道：「如果跟老烏龜說的話，他肯定又要嘮嘮叨叨一些大道理。」

沒有打擾大黑碎念的林木看他恢復了平時的狀態，說道：「老人家講的大道理是該聽聽。」

「是是是，道理我都懂。」大黑嘀咕，「從今天起我就是正經八百再也沒跟人類有什麼糾葛的妖怪了，老烏龜以後不必念我了。」

他話音剛落，就聽到有人敲了敲門。

林木去開門，發現門口是個婦人，長得十分嬌豔嫵媚，見到他的時候愣了愣，然後露出笑容來，連聲音也帶著膩人的甜味，「小伙子是新來的呀？」

「對，您好。」林木說完遲疑了一下，總覺得對方身上有股讓他感到略微不適的氣息。

他頓了頓，點了點頭。他不知道該怎麼分辨妖怪和人類，更不知道應該怎麼分辨那種氣息，只覺得這個婦人知道他是新來的，恐怕是個妖怪。

他讓開路，「您進來吧。」

「我就不進去了，你們辦公室那個主任不太喜歡人類。」婦人說完，看向了辦公室裡的大黑，說道：「我來拿信。」

林木摸不著頭緒，只好轉頭看大黑。

大黑此刻已經看了過來，見到門口的婦人後，臉上的笑容微微一頓，拉長了臉，從抽屜裡拿出一個盒子，交給了婦人。

婦人也不介意，嬌嬌地一笑，接過盒子便轉頭走了。

林木目送著她走遠，轉頭問大黑：「那是個人類？」

「嗯。」大黑點了點頭，「她每個月都會來一趟，要是下次她又來了，你就把這個抽屜裡的盒子給她。」

林木看了看那個漆木盒子，「這是什麼？」

「某種草的果實，吃了之後人在一段時間內會變得嫵媚多嬌，勾引人時勾一個釣上一個。」大黑說著翻了個白眼，「那女人跟一個妖怪在一起後，知道有這個東西就吵著要，但這草天底下就一株，果實更是天價，普通妖怪哪能弄得到。」

「那這些果實……？」林木看了看那些盒子。

「噢，那個妖怪已經死了，這些果實是他拿命換來的，拜託我們交給那個女人。」

大黑說完輕哼了一聲，擺明對這事不高興很久了。

「妖怪跟人類談戀愛就是這樣，妖怪壽命長，對時間的感知跟人類完全不一樣。人類的一輩子對於妖怪來說就是個熱戀期，熱戀期的時候情人死了，大多數妖怪都會記得數百年，甚至是一生，可是人類呢？過得有夠開心的。

「要我說啊，大著膽子跟人類接觸，還深入交往甚至是談戀愛的妖怪，都是猛士。」

大黑這麼總結道，對於自己沒有跟人類談戀愛這事感到十分慶幸。

林木只是稍顯怔愣地聽著，一整天都忍不住去思考自己的親生父母。

他其實很少會去探究自己的身世，連想都不太想。

因為有沒有爸爸對他來說都一樣，反正養大他的媽媽已經走了，他一個人也活得下去，也過得挺好。

只是提起人類和妖怪談戀愛，總是不可避免地會想到一些事。

林木恍惚了一整天，回去的時候乾脆去超市買了一隻現成的烤雞，到家就直接塞給牛奶糖和小人參，在一參一狗的注視下心神不寧地走上樓，進了那間屬於媽媽的工作室。

林木之前從閣樓裡找出來之後就沒有再翻閱的筆記本和資料夾，正安安靜靜地躺在書桌上。

林木翻開了資料夾。

裡面是一些媽媽在野外打滾研究時的資料，有一些稀有植物的照片和記錄、手繪的參考圖，還有媽媽在野外渾身泥土髒兮兮的照片。

林木粗略地翻閱著，然後停在了其中一張照片上。

那張照片大概是在深山裡拍的，他的媽媽抱著一棵根系龐大的巨大樹木，身上臉上全是泥，背上背著的裝備也全都是一層土色。卻抱著樹笑得異常開心，還露出了整齊的八顆牙，兩眼亮晶晶的，肉眼可見的興奮模樣。

林木掃了一眼這棵樹，因為沒有整棵入鏡，也看不出來那到底是什麼樹。

但吸引林木的並不是那棵樹，而是在這張照片裡，坐在另一邊的一道虛影。

那道虛影一腿彎起，坐在一根突出來的樹枝上，另一條腿隨性地垂著，穿著一身墨綠繡著幾點金色樹葉的長袍，一頭黑髮用黑色的髮帶高高地綁著，手裡拿著一個圓形的黑色東西，似乎正偏頭打量著旁邊渾身泥的女性。

林木看著他手裡拿著的東西，總覺得十分眼熟。

影子太薄，有些看不清，林木皺著眉試圖仔細去看，看著看著，那道虛影就漸漸清楚了起來。

林木意識到被相機記錄下來的這個人並不是人類。

他看了一眼那個疑似妖怪的男性手裡拿著的半個巴掌大小的黑色玩意，猛地抬起頭來，看向了書櫃裡被小心地保存在盒子中的一顆果實。

這棵果實的外表林木不認識，但一直都被媽媽保存得很好，以至於讓林木以為那是什麼果實形狀的擺飾。

林木愣了好一會，轉頭看向了照片裡的那張臉，總覺得十分熟悉。

他從抽屜裡拿出鏡子來，看了看鏡子裡的臉。

……真像。

林木闔上鏡子，轉頭去翻媽媽留下的相簿。

已經被林木翻閱了無數遍的相簿裡，許多張媽媽的單人照中，突兀地多出了另一個男性的身影。

林木再一次仔仔細細地翻了一遍手裡的相簿，呆怔了許久，長長地呼了口氣。

他就想說為什麼以前媽媽翻相簿的時候，總是露出那種甜蜜又有些哀愁的神情，明明就是普普通通的單人照。

林木愣了好一會，目光落回那張照片上。

這就是爸爸啊……

長得真好。

林木摸了摸自己的臉，看著打開的相簿，裡面有一張非常難得的是在城市裡拍的照片。

身穿長袍的男性在鋼筋與水泥的城市裡顯得格格不入，但並沒有絲毫的拘謹，只是安靜地凝視著在他身邊的女性。

那個時候的相機不像現在的手機一樣方便，照片的解析度和質感遠不如現在，哪怕保存得很好，也殘留下了一些時間流淌的痕跡。

不管怎麼說，看到自己的親生父母的確是相愛的，光是這件事就足夠讓林木感到高興了。

他仔仔細細地翻了一遍資料夾，一直到天黑了，也沒有找到半點特殊的內容。

林木猜測大概是媽媽並不想被別人發現。

他小心地闔上了資料夾和相簿，並沒有打算把裡面的照片拿出來。

媽媽這麼多年都沒有跟別人提過任何一句和爸爸相關的事情，也不曾把相簿拿給別人看，肯定是有原因的。

林木並不打算擅自破壞媽媽的堅持。

能保密將近二十年，這中間的利害關係肯定是如今一無所知的他無法想到的。

林木把資料夾和相簿重新放回書櫃，又把那個他一直認為是個普通擺飾的盒子拿了下來。

紅漆木盒子裡裝著一顆半個拳頭大小的黑色果實，上邊還帶著葉片，林木看了葉片好一會，發現這樹葉看起來有點像楊樹葉。

果實倒是從來沒見過，打開盒子之後也一點氣味都沒有。

林木把果實的樣子仔仔細細地記了下來，準備明天上班去二樓的資料室問問這是什麼東西。

林木把盒子重新關好，小心地放回了書櫃，摸了摸自己空蕩蕩的肚子，準備下樓去弄點吃的。

「林木林木！」小人參從廚房裡探頭出來，看到林木下樓了，端著一碗粥和兩隻大雞腿，墊著腳放上了餐桌，「牛奶糖幫你留雞腿啦！」

林木一愣，轉頭看向趴在一邊的小狗，又看了看那兩隻大雞腿。

兩隻大雞腿都相當於整隻雞一半的肉了。

「我吃不了這麼多的。」林木的食量實在是小得很。

他把雞腿拆得只剩下根部，自己留下了一塊，問過小人參之後，把剩下的都給了小狗。

小人參拿著一罐鮮奶，看了一眼牛奶糖，在對方的示意下開口問道：「林木你今天心情不好呀？」

「嗯？」林木轉頭看著這個小娃娃，露出微笑來，「挺好的呀。」

小人參又扭頭看了一眼牛奶糖，「可是剛剛回來的時候好像不太好。」

小人參是真的沒發覺林木不開心。

因為林木面對他的時候總是很溫柔，實在難以察覺他的心情是不是不好。

反正人參娃娃是完全沒感覺。

但晏玄景才打了個照面就發現了。

情緒低落，神情恍惚，擺明就是有什麼心事。

九尾狐多精明，狡猾的狐狸要是連看別人臉色的智慧都沒有，那基本上就不用混了。

本來還在介意自己半夜被林木踹下床這件事，但看到小半妖那副恍恍惚惚的樣子，晏玄景也就懶得計較了，他支使小人參去做飯，順便問問怎麼回事。

他可不像林木一樣，真的把人參娃娃當成小孩子。

有誰家小孩子幾百歲的，就算是妖怪也都已經成年了，就只有人參娃娃占著種族的便宜，到現在看起來還是個寶寶的模樣。

小人參小小聲說道：「你現在心情好些了嗎？」

「挺好的。」林木捏了一把小人參的臉，「我過幾天可能會聯繫一家裝潢公司——會有一群人類來蓋個玻璃溫室，到時候我不在家，你要躲好。」

「哎？」小人參愣了愣，有點緊張地拉了拉自己的小肚兜，「可是……人類隨意進出的話會破壞土地的靈氣呀，我們剛剛種下的靈藥……」

林木倒是沒想過這個，他也愣住了，眉頭微微擰了起來。

「那……能不能找妖怪呀？」小人參小心地打量著林木的神情，「我有幾個認識的妖怪，也會蓋房子。」

林木咬著雞腿，停頓了一瞬。

「他們應該都可以通過朝暮！不是壞妖怪！」小人參的聲音微微提高了一些。

「嗯……」林木對朝暮也挺有信心，他放下了雞腿，說道：「我倒是不介意，只不過報酬應該怎麼付？」

「就……就收留他們一小段時間就好。」小人參一邊說著，一邊小心留意著林木的神情，「最近山裡亂，連土地神都管不過來了，大家也不敢多跟人類接觸……」

「有幾個？」林木問道。

人參娃娃兩眼一亮，「三個！我們都不占地方的！自己鑽進土裡就行了！」

「好。」林木答應了下來。

「那今晚上我就出去找他們好不好？」小人參童言童語地問。

林木對於時間倒是無所謂，只是問：「能保證自己的安全嗎？」

小人參看了看旁邊「喀嚓喀嚓」嚼碎了雞骨頭的小狗，試探著說道：「牛奶糖可以保護我……？」

晏玄景掀了掀眼皮，無所謂地繼續低頭吃雞。

小人參一下子露出了笑容，「牛奶糖可以保護我！我們最多三四天就會回來啦！」

林木站在二樓，看著一搖一擺帶著小狗站在院子門口向他揮手的人參娃娃，聽到他喊道：「林木明天記得早起呀！上班別遲到了。」

林木應了一聲，看著一參一狗走遠，拉上了窗簾，坐在床上，拿起了自己放在床頭櫃上的相框。

相框裡是他和媽媽的合照。

並沒有另一道身影。

林木仔細看了這張照片許久，沒能從照片裡看到他希望的那個人影出現。

同樣的，他和媽媽的任何合照裡，都沒有爸爸的身影。

在他出生的時候，爸爸好像就已經不在媽媽身邊了。

甚至可能更早一些——不然他肯定不會放任媽媽被外公那邊這麼欺負。

林木把手裡的相框放下，妥帖地收好被照片勾起的好奇心，起身去洗澡。

媽媽很愛他。

如果爸爸陪在他們身邊的話，一定也會很愛他。

這樣很好。

林木躺在床上，看著天花板，忍不住就藏在被子裡笑了出來。

夜裡林木做了個夢。

他夢見山谷中有一片由花與草鋪成的地毯，一棵蒼青色的大樹紮根於此，枝幹粗壯，糾結的根脈牢牢抓著土地，枝葉繁茂，一團又一團向著五個方向橫向延伸，鬱鬱蔥蔥，遮天蔽日。

清脆的樹葉被風輕蹭而過，發出沙沙的溫柔聲響，露出其中零星幾朵黃色的花，還有數個光團從花中飄落，被風捲著向山谷外飄去。

山谷之外狼與羊和諧共處，虎與兔和睦地依靠著彼此，平和安寧地瞇著眼打起了盹。

還有許多生靈向著谷中虔誠跪拜，聽著被風從谷中帶出去的沙沙聲響，被光團觸及，露出了安逸而滿足的神情。

整片山谷都被這樣溫柔的氣氛所籠罩著，直到風停了，這些谷外的生靈才漸漸散去，復又開始了廝殺和輪迴。

林木站在過度繁茂的花草所構成的地毯上，回頭看向那棵蒼青色的大樹，微微揚起頭來，與坐在樹枝上的男人對上了視線。

那個男人身著墨綠色的長袍，金線繡著的葉片在和煦的陽光底下閃閃發亮。

他一笑，整座山谷的草木都歡呼起來。

林木猛地睜開了眼，聽著「咚咚咚」敲窗戶的聲音，神情呆滯地看向把他叫醒的罪魁禍首。

窗外停著一隻喜鵲，嘴裡叼著一束怒放的海棠花樹枝，見林木看向牠了，便小心地把樹枝放在窗臺上，一張嘴就是：「林人參叫林木起床！林人參叫林木起床！」

說完之後就轉頭飛走了。

林木微微震驚地瞪大了眼，「……」

不是。

搞什麼啊！！

怎麼回事啊！！

還有叫起床服務這麼厲害的嗎！

林木坐在床上震驚了好一會，然後晃了晃腦袋。

滿腦子都是那個笑起來連陽光都明媚幾分的男人。

他認出來了。

那是爸爸——那個照片裡極少露出笑意的男人，只有少數幾張照片裡能看到他專注地看著媽媽，嘴角噙著一絲細微的笑意，露出兩個極淺的酒窩。

林木呆滯了好久，直到定好的鬧鐘響起來，這才長長地呼了口氣，打開窗戶，把窗臺上那枝海棠拿了進來。

現在不是海棠的花期。

不過無所謂了。

不能拿人類的常識去思考妖怪的事情。

林木把花插進了細頸花瓶裡，打理了一下自己，草草吃過早飯便急匆匆地去上班。

林木掛念著書櫃裡那棵果實，到得很早，辦公室裡另外兩個同事都還沒來。

他把門關上鎖好，上了二樓，走上了平臺。

「我要找一個……黑色的果實，樹葉有點像楊樹。」林木說完頓了頓，想到昨晚的夢，遲疑地補充：「很大的樹，有黃色的花。」

話音剛落，腳底下的平臺微微一震，左手邊的書架依序打開，載著他到了一座書架前。

一本書從裡面飄了出來，「嘩啦啦」地翻了幾頁，然後停在了他面前。

帝休木，無憂樹。

葉狀如楊，其枝五衢，黃華黑實，服者不怒。

林木把一些帝休的資料拿出來，看了看時間，也不急著下樓，直接站在平臺上翻看起來。

他一翻閱，就看到了一幅熟悉的畫面。

那是一幅繪卷，繪卷上畫著一棵蒼青色的大樹，蔥蔥郁郁遮天蔽日。糾結的根脈與一團團橫向生長的枝條像極了黑松，山谷中的鮮花與綠草茂盛綿延，或蹲或躺著一些奇形怪狀的異獸，睡得四平八穩，林木全都不認識。

山谷裡流淌著清澈的山泉，從後方的山峰蜿蜒而下，與殘留在他記憶中的模糊夢境極其相似。

林木甚至能夠聽到山泉「唰唰」流淌，以及鳥雀輕啼的聲響。比夢中所見的還要更加清晰幾分。

帝休的資料很少，少到每本書裡都只提及一兩句。

大多都是在談及某個事件或者某個妖怪的時候提上一句。

而被提及的內容，大多是果實。

帝休比較通俗的叫法是無憂樹。

葉片有些像楊樹葉，枝葉向五個方向恣意伸展，花是嫩黃色的，而結出來的卻是沉甸甸的漆黑果實。

家裡那顆果實就是帝休的果實，吃了之後能使人忘卻憂愁，在妖怪之中有市無價。

果實的數量極少，而且都被幾方勢力壟斷了。

以至於普通的妖怪和生靈只能伏在山谷外，虔誠而卑微地乞求著裡面的帝休能夠仁慈地賜予他們些許的福音。

眾生皆苦，都盼著能夠忘卻憂愁。

哪怕不能得到果實，被帝休的力量照拂一二，能夠短暫拋棄煩惱、安然快樂地過上一段時間，也是極難求到的緣分。

何況帝休果遠不止能夠使人忘憂這麼簡單的效果而已。

對於妖怪而言，被惑亂心神、走火入魔、殺戮太重……等各種可能會造成重大後果的毛病，都可以用帝休果來解決。

林木翻了老半天也沒翻到關於帝休成精的相關內容，只翻到了些關於一直監視掌控著那座山谷的幾方勢力的資料。

山谷位在大荒中部一片叫苦山的山脈裡，被幾個勢力十分嚴格地控制著，防止有別的妖怪進入。

偶爾也會有大妖怪踏入山谷待上一段時間，因為有著安撫作用的不僅僅是帝休果，還有這棵樹木本身。

而有帝休在的地方，草木旺盛，毫無爭鬥，連最珍貴的靈藥都能放肆生長。

林木翻看著關於山谷的記載，上面是這麼寫的：帝休在幾方大妖的照拂之下生長得極好，並未如同其他上古奇木一樣遭到破壞和煉化。直到三十年前，帝休整棵樹神祕消失，而那幾個經常出入山谷的大妖卻並沒有震怒，而是乾脆俐落地封鎖了消息，全當無事發生。

在那之後，就再也沒有帝休的消息了。

林木翻來翻去，始終沒翻到帝休成精的內容，更別說帝休成精之後的長相了。

要不是在最初那張照片裡看到了帝休本樹，家裡還有那顆在記錄裡被瘋搶的果實，林木甚至都有點不敢想爸爸是不是帝休了。

林木把剩下的一些資料翻完，確定真的沒有任何相關內容。

不過林木倒是能猜到三十年前，帝休從大荒消失之後去了哪裡。恐怕就是到了中原的深山裡，然後跟媽媽相遇了。

至於到底是怎麼來中原，又是什麼時候成了精，林木一無所知。

也許那些經常出入山谷的大妖怪會知道，可是那些大妖怪林木一個都不認識。

資料裡稍微稱得上眼熟的也只有一個，晏玄景的父親——九尾狐晏歸，青丘國當代國主。

可惜的是，林木從上次驚鴻一瞥之後，就再也沒見過那個超好看的狐狸精了。

但收穫很大。

林木翻開最開始的那幅繪卷，看著上頭蔥郁的樹木，又低頭看了看自己。

好歹是明白自己到底是什麼東西了。

這樣看起來，他另一半的血脈來頭不小。

林木想，怪不得媽媽死死憋著，一句話都不提他爸爸。

從他爸爸被幾個大妖怪聯手庇蔭著才能護住這一點來看，對自己的血脈閉緊嘴不提是最妥當的做法。

至於那顆留下的果實，林木有個不太好的猜測。

果實是用來使人忘記憂愁的。

爸爸把果實給了媽媽，應該是知道媽媽有著難以忘卻的愁緒，同時他又無法陪伴在媽媽身邊照拂她，才會給媽媽這顆極容易引來搶奪的果實，希望她能夠吃掉它，忘記憂愁。

媽媽能有什麼難以忘卻的憂愁。

她不在意打壓她的外公，也不在意錢財，種個盆栽天天都能樂上好久。

林木所能想到的媽媽的哀愁，就是每次她打開相簿時微紅的雙眼。

林木沉默了好一會，不願再想下去，他闔上資料，向資料室裡的精怪道了謝，把資料放回書架。他一邊下樓，一邊摸出手機來，傳了封簡訊給媽媽的老師。

他想要拿到媽媽當年參加的研究計畫資料，有機會的話，或許可以去當地看看。以後的事情誰說得準呢。

林木把簡訊傳過去，收好手機，打開了樓梯間的門。

樓下大黑已經來了，此刻已經變回原形躺在地上窩成了一顆球，一動也不動。

林木走到他旁邊，蹲下，「你在做什麼？」

「在自閉。」大黑悶聲悶氣地說道。

林木看著團成團的小狗，「自閉什麼啊？」

「老太太的家人發訃文，開始準備葬禮的請柬了，但沒我的份。」大黑說著有點委屈，他抬頭看向林木，然後頓了兩秒，腦袋探過來嗅了嗅，「你怎麼回事啊？妖氣突然暴漲起來了，還挺好聞的。」

「啊？」林木低頭看看自己的雙手，又嗅了嗅，「我感覺不出來。」

「你剛接觸這邊當然感覺不出來。」大黑說完，忍不住更加湊近了幾分，使勁嗅了嗅，然後腦子一呆，軟綿綿地癱了下來。

那是一種令人極度舒適的滋味，就像是在柔軟絨毯的包裹下，慵懶地躺在溫暖的陽光中。

有青草與花的香氣，有風掠過樹梢的沙沙聲，遠處似有環佩叮咚，有流水清澈淌過，還有隱隱約約的絲竹樂聲，合著美妙的吟唱遙遙隨著風傳過來。

這滋味舒服美妙得令小狗忍不住想翻出肚皮，用最柔軟脆弱的地方擁抱這個美好的世界。

這份感覺來得過於突兀凶猛，大黑距離林木很近，這股氣息鋪天蓋地襲來，讓大黑軟綿綿地倒在地上，微微瞇起眼，整隻狗渾身上下每一根毛都寫著爽字，甚至還翻出了肚皮。

活像是一隻嗑貓草嗑嗨了的貓，一副爽到升天的樣子。

這樣子有點眼熟。

就好像在林木剛剛看的那幅繪卷裡，四平八穩地躺在帝休樹蔭底下的異獸。

——真的就跟嗑貓草嗑嗨了的貓沒什麼兩樣。

大黑躺在地上，只覺得神清氣爽，什麼自閉、什麼苦惱、什麼憂愁全都消失得一乾二淨，心情明朗，世界一片美好。

但他的理智依然在，懶洋洋地問道：「你是不是遇到什麼事了？」

「嗯，弄清楚自己的血脈了。」林木說道。

大黑來了興趣，「哦？是什麼？」

林木搖了搖頭。

大黑懂了，大概是什麼不適合說出來的血脈。

需要保密的血脈很多，就像人參娃娃總是需要躲躲藏藏一樣，很多妖怪的存在本身就會引來掠奪和殺戮，保密很正常。

大黑也不介意，在林木那股清冽妖氣的影響下舒舒服服地打了個哈欠。眼看著要到真正上班的時間了，才剛準備變回人形，就被門口傳來的敲門聲打斷。

大黑抬頭輕嗅，「人類的氣味。」

林木點了點頭，轉頭去開了門。

門外是個生出了些許白髮的中年男人，穿著一身黑色的西裝，頭髮打理得很正氣，十分溫和儒雅，對林木微笑了一下，問道：「您好，請問大黑先生在嗎？」

有了昨天那個婦人的前車之鑑，林木也發現有些人類很清楚妖怪的存在。

他點了點頭，讓開了路，「在。」

中年男人抬腳走進辦公室，看了一圈也沒看到自己要找的人，最終目光跟趴在地上的大黑狗對上了視線。

他臉上的笑容一滯，顯出了幾分驚愕的神情，連聲音都提高了，有些變形，「大黑?!」

大黑狗「汪」了一聲，沒有開口說話。

中年男人愣了許久，長長地呼出口氣來，轉頭看向了林木，遲疑著說道：「我母親前天去世，昨晚來了我的夢裡，告訴我要來這裡找大黑，好好感謝他……牠。」

林木眨了眨眼，意識到眼前這人恐怕是救下了大黑的那位老太太的兒子。

怪不得大黑不說話了。

「我們這裡的話，就只有這一個大黑。」林木說道。

「……」中年男人沉默了好一會，又看了一眼大黑，半晌，有些恍惚地嘆了口氣，說道：「今日下午家母出殯。」

林木看了看大黑。

大黑對他叫了一聲，轉頭從櫃子裡叼出了牽繩，對著林木尾巴搖得像電風扇。

「……」

林木把門帶上，帶著翹班的罪惡感，牽著狗，跟著中年男人前往了他們家。

來送老太太最後一程的人不少，氣氛有些沉悶。

林木站在門口，把牽繩交給了老太太的兒子，自己則站在門外不進去。

他始終不太喜歡這種生離死別的場面，總讓他想起走時孤零零的媽媽。

林木在外頭找了個花壇坐下，發了一會呆之後，聽到有人叫他。

他回過頭來，看到一位頭髮花白的老人向他走過來，正是他剛剛傳簡訊過去詢問媽媽參與的研究計畫的那位教授。

也是時常照顧他生意的一位老人家，人很好。

「譚老師？」林木站起身來，「您怎麼會在這？」

「走的這老太太是我同學。」老人說道，拉著林木的手往旁邊走，「正好我有點事要找你。」

「什麼事啊？」林木問道。

「你不是挺會照顧花花草草的嗎？」老人拍了拍林木的頭，「給你介紹個大客戶。」

一老一少在說話間走到了一棟房子門口，那裡站著一個西裝革履的男人，長得很高，一手插在口袋裡，叼著菸，微微垂著眼似乎在發呆。

老人帶著林木大步走過去，說道：「小屋啊——這就是我跟你說的那個林木。」

林木被老人輕輕拍了拍背，忍不住用力挺直了背脊。

被喊的男人微微偏頭看過來，神情冷凝，帶著毫不掩飾的殺氣與凶戾。

林木渾身一僵，幾乎馬上就察覺到了這個男人的氣息異常，警覺地微微後退一步，隨時準備逃跑。

男人的目光在觸及林木的瞬間瞇了起來，仔仔細細地打量一番之後，捻熄了手裡的菸。

老人為林木介紹這個男人，「這是帝屋，我去裡面一趟，你們慢慢聊。」

男人點了點頭，等到老人走遠了，才說道：「半妖？」

這聲音冷冰冰的，跟晏玄景那種清冷截然不同，像是沾滿了血的刀尖帶著幾分刺骨的寒意，扎進聽者的腦子裡，讓林木忍不住打了個寒顫。

男人微微湊近了些許，抬手扣住了想跑的林木的肩膀，輕嗅了一下，眉頭一挑，

「帝休？」

第五章

Public Office of Non-human Affairs

林木被帝屋像拎小雞一樣地拎走了。

帝屋提著林木走到外頭一輛SUV旁邊，拉開後座門，把林木趕進去，然後自己也坐進了後座。

林木安靜地坐在座位上，盯著身旁這個男人，一動也不動，也不敢動。

帝屋坐在林木旁邊，從菸盒裡拿出一支菸，剛準備點上，偏頭看了林木一眼，又把菸扔了，也不說話，靠著座椅閉目養神。

林木僵了好久，盯著闔眼彷彿睡過去的男人，手背在背後，小心翼翼地摸上了車門把手。

帝屋連眼都沒睜，懶洋洋地說道：「待著。」

林木默默縮回了手，試探著伸手去拿手機。

這次帝屋沒說話了，林木掏出手機來翻了一遍通訊錄，悲傷地發現連一個能夠幫忙的人都沒有。

普通人類就不說了，通訊錄裡唯一一個妖怪現在就在那棟房子裡，還沒帶手機，一時半會恐怕不會出來。更別說下午還要出殯，大黑八成要一路送到殯儀館。

林木無奈地留了封簡訊給大黑，覺得自己恐怕只能聽天由命了。

——他之前說什麼來著。

媽媽死命隱瞞爸爸的存在肯定是有道理的。

可不是嗎。

他才剛剛意識到自己的血脈是什麼，馬上就被人認出來了。

早知如此就該聽媽媽的話，不去追究爸爸到底是誰。

不去追究爸爸是誰就不會知道爸爸是帝休，不知道爸爸是帝休就不會明白自己的血脈，不明白自己的血脈就不會像現在一樣妖氣四溢。

不像現在這樣妖氣四溢，就不會被發現。

林木握著手機，一邊後悔，一邊思考打１１０說自己被妖怪綁架了會不會被認為是謊報。

要不試一試吧，被發現了就大喊一聲救命不知道有沒有用？

林木死馬當活馬醫，點開了撥號介面，剛按完110三個數字，手機就被旁邊閉目養神的男人抽走了。

帝屋瞥一眼林木手機上的那三個數字，嗤笑一聲，「報警？」

「……」林木看了看自己的手機，又看了看帝屋，想起之前小人參被牛奶糖叼進屋裡的時候說的話，不禁哽了兩秒，小聲問道：「你是要吃了我嗎？」

帝屋轉頭，驚奇地看向林木，「帝休是怎麼教你的？」

林木聞言一愣，下意識地仔細看了看坐在旁邊的妖怪，這才發現對方身上那股讓他頭皮發麻的感覺不知什麼時候悄悄消弭了。

林木猶豫了一下，還是沒有說話。

他也不知道應該說什麼，這個妖怪聽起來好像是認識他爸爸。

但是他能說什麼？

林木想，自己又沒見過爸爸，能說什麼。

於是林木閉緊了嘴。

帝屋見林木不說話，眉頭皺了皺，「怎麼不說話？」

他說完頓了頓，看著林木，補充道：「我不吃你。」

林木鬆了口氣，張嘴卡了半晌，在帝屋的注視下下意識地問道：「你認識我爸爸？」

帝屋點了點頭，「認識啊，倒是你爸爸沒跟你提過我？」

「……」林木愣愣地看了帝屋兩秒，搖了搖頭，「我爸爸他……我沒見過我爸爸。」

懶洋洋靠著椅背的帝屋一下子坐直了，眉頭微微皺起來，「什麼意思？」

「我沒見過我爸爸。」林木重複說道。

帝屋這個名字，聽起來跟帝休就像是本家的兄弟一樣，但是林木也知道妖怪的名字不是這麼算的。因為帝休準確來講，是他爸爸這個種族的名字，只不過這個種族只有他爸爸那一棵樹就是了。

帝屋的眉頭皺得越來越緊，「沒見過你爸爸，那你是從哪來的？」

「我是我媽生出來的。」林木覺得這問題怎麼這麼傻，「我出生之後就沒有見過我爸爸。」

帝屋看著林木，沉默了好一會，還是從口袋裡摸出了一支菸，打開窗戶，點燃菸深吸一口，往車窗外呼出了一口白霧，輕嗤一聲，「八成死了，看他那樣子，不死不會不管你。」

林木聽到這話一怔，百種思緒爬上腦海，彷彿有什麼聲音在他耳邊「嗡嗡嗡」地響，響得腦子裡亂七八糟的畫面被撕得粉碎，最終只剩下一些酸澀空虛的情緒。

一時間不知道應該高興還是難過。

林木看著帝屋，「你是我爸爸的朋友嗎？」

「我算是你爸的前輩，我修練成妖的時候他還是棵小樹苗呢。」帝屋叼著菸，輕嘖一聲，「按照輩分，你該喊我一聲伯伯。」

林木看著對方最多三十歲的臉，伯伯兩個字怎麼都喊不出來。

就憑那張臉，最多喊哥哥吧。

這妖怪也沒必要騙他。

對方比他強大太多了，想要什麼直接搶奪就是了，哪怕是他的性命，想要取走恐怕也是輕而易舉。

哪裡還有騙他的必要。

「我倒是挺想知道，他怎麼會跟一個人類在一起。」帝屋含混著說道：「他應該在大荒，被那些大妖怪們看護得好好的，規規矩矩地供奉著，沒有任何生靈能夠傷害到他。」

林木想到剛剛查到的資料，心裡更加相信了幾分，搖了搖頭，「……我也不知道。」

帝屋的眉頭又擰了起來，「你怎麼什麼都不知道，你媽呢？」

「不在了。」林木抿了抿唇，「她生前什麼都沒跟我說過。」

帝屋一頓，隨即又意識到這情況實屬正常。

帝休成妖出世，並且孕育了後代，這個消息要是被妖怪或者人類任何一方知道了，這小半妖八成不會有什麼好下場。

半妖不能變回原形，不能結出果實，但是屬於帝休的妖力和天賦卻還是存在。

把這小鬼抓起來關著，時不時從他身上扒點東西下來，血肉也好骨頭也罷，都是上好的材料。反正半妖的癒合速度很快，如果長時間受到創傷，身體在本能驅使下還能恢復得更快一些。

要是再貪心一點，把這小鬼的魂魄扯出來，把肉體跟魂魄煉一煉，說是仙丹都不為過。

就像他當初一樣。

帝屋冷哼一聲，幾口把菸抽完，捻碎了菸頭，「你叫什麼？」

「林木。」林木說完補充一句，「隨母姓。」

帝屋拿林木的手機輸入了自己的號碼，備註了「帝屋伯伯」，然後皺著眉看了半晌，又把最後那兩個字刪了。他存好之後撥通，拿自己的手機記下了林木的電話，轉頭對林木說道：「給我點血。」

林木瞬間警覺起來。

「我魂魄不全，拿你一點血保持清醒。」帝屋不知道從哪翻出一支白玉瓶和一根尖銳的玉石，說話變得隨意了許多，「就一瓶，別拖時間。」

「哪有人見面就要人家血的！」林木往後縮了一大截。

「你罵誰是人呢？」帝屋沒好氣地說道：「不拿你的血我三不五時就殺人，要不然你得跟剛剛一樣被我隨身帶著，用帝休的力量安撫我，你要是樂意我也無所謂。」

林木一愣，「你殺過人？殺了多少？」

帝屋漫不經心地說道：「不知道，忘了，都是些早該死的人。」

林木的眉頭皺起來，終於還是伸出了右手，看著帝屋拿著那根尖銳的玉石在他手腕上輕輕一劃，一道血痕就浮了出來，匯聚成一小灘血，流入了帝屋手上的玉瓶裡。

手腕有些涼，麻麻的，但一點都不痛。

「殺人不對。」林木小聲嘀咕了一句。

「哦，你心疼人類啊？」帝屋敷衍地點了點頭，「也是，你是半妖。」

林木看了看逐漸裝滿的玉瓶，說道：「那有我的血就不用去殺人了。」

「這你就別管了。」帝屋擺了擺手，輕輕拂過林木的手腕，那道傷口馬上就癒合得連一絲痕跡都沒有。

帝屋收好了手裡的瓶子，告誡道：「你自己注意些，血不能隨便給別人，一根頭髮都不行，頭皮屑也不行。你身上的任何東西，包括你經常穿的衣服，也不能隨便給別人。」

林木看著帝屋，點頭。

「有什麼事就打電話給我。」帝屋頓了頓，又問道：「你多大了？」

「二十三。」林木乖乖回答。

「真小。」帝屋說完，越過前面的座椅，塞了張信用卡給林木，「拿去花。」

林木一愣，趕緊推回去，「我不要！」

「不，你要。」帝屋拉開林木的衣領，把卡往內一扔，然後打開車門，把這個小半妖一腳踹了出去，「記得花，不花我半夜爬去找你。」

這話說完，帝屋「碰」的一下關上了車門，發動車子揚長而去。

林木揪著自己的衣領，把衣服下襬從褲子裡扯出來，看著滑落到地上的那張副卡，彎腰撿了起來。

大黑在屋裡聞到了一絲濃郁而香甜的血氣，渾身一震，汪汪叫著衝了出來。

林木愣愣地轉頭看了他一眼，說道：「沒事……就是，我有個長輩找過來了。」

大黑不聽，他繞著林木嗅了半晌，的確是聞到了血腥氣，但林木渾身上下又沒有傷口。

「真的沒事。」林木把卡收好，牽著大黑往回走。

等到老太太的事情處理好，下午已經過了一大半。

林木牽著大黑回到辦公室，為等了大半天的妖怪們處理了一下事情，剩下的扔給了神采奕奕的大黑，自己上樓進了資料室。

這一次他要查的是帝屋。

帝屋跟帝休一樣，同樣是樹，高高的直衝雲霄，葉片的形狀像椒，生著倒刺，可以用來抵禦凶災。

是非常厲害的祥瑞之樹。

帝屋的資料遠比帝休要多很多，因為帝屋成妖，並在數千年前是大荒頗為出名的一個獨行俠。

因為自身特性的關係，他跟那些有惡果的妖怪相沖，交際關係始終不怎麼樣。

甚至經常在兩方妖怪衝突的時候路過，仗著禦凶的特性一個打一群，打完拍拍屁股走人，惹了一身仇恨。

後來帝屋沒事跑到中原來溜達，被大荒和中原兩邊的妖怪和人類勾結陷害，陰溝裡翻了船。

帝屋是多好的材料啊！

本體分割開來可以供給無數無法抵禦妖鬼的人類做山門、做武器又或者當成什麼別的材料。

魂魄鎮在哪，那裡就能陰陽無鬼，海清河晏。

把帝屋的妖力單獨煉出來，更是能保證一大片遼闊的地域裡靈木花藥放肆生長，還不用擔心被妖氣和鬼氣汙染。

於是在帝屋倒臺之後，人類拿走了他的本體和魂魄，那些妖怪拿了他的妖力，把他一分為無數份，分別鎮在了中原和大荒各處。

而得了帝屋的好處之後，那些貪心的人和妖，又把目光投向了上古時留存下來的奇花異草和神木。

帝休就是因此而被死死護住。

林木看完這些，深吸口氣，意識到自己的爸爸就是因此才連成妖的消息都被護得密不透風。

他沉默地闔上資料，安靜地下了樓。

林木推開樓梯間的門，一抬眼就看到了那個好看得要命的狐狸精，正挺直背脊端坐在凳子上，微微皺著眉，聽著不知什麼時候回來的吳歸說話。

「是帝屋。」吳歸對晏玄景說：「他破開鎮壓他的那些印法，出來復仇了。」

吳歸說道：「最近半年，中原這邊人類和妖怪的死亡數量高得不正常，大半是帝屋做的。」

「哦。」晏玄景點了點頭，聲音十分平靜，「是他啊，那不奇怪。」

林木感覺自己被這聲音一勾魂就要跑不見了，趕緊把門一關，杜絕了視線之後感覺好了不少。

晏玄景察覺到一股熟悉的妖氣，轉頭看了一眼那扇只留了一條小縫的門，剛要收回視線，就嗅到了一股淺淡的血腥氣。

九尾狐豁然站了起來，更加細緻地收斂起了自己的妖氣，眉頭微微皺著，一把拉開了那扇門，跟林木正對著打了個照面。

林木跟晏玄景對視了兩秒，不知道是不是因為自己妖力變得強大了些，只覺得有點飄飄然，不再像之前一樣瞬間就不知道自己是誰了。

林木忍不住盯著晏玄景看了好一會，再一次確定了這狐狸精真的長得超好看。

連皺眉都好看。

就是板著一張臉，氣勢有一點點嚇人。

「你受傷了。」晏玄景說道，聲音聽起來冷冷淡淡的，伸手直接握住了林木的手腕。

這裡的血腥氣最重，可是並沒有傷痕。但晏玄景跟大黑不一樣，大黑成精才幾年，很多東西都不清楚，晏玄景卻是明明白白的。

林木的手被傷過，然後有人以特殊的手法使之癒合了。

從血氣上來看，絕對是被取走了為數不少的血。

晏玄景的眉頭皺得死緊，沉聲道：「誰拿走了你的血？」

「沒有啊……」林木說完，在晏玄景的注視下忍不住縮了縮脖子，把手抽了回來，想了想，說道：「捐血去了。」

晏玄景沉默地注視著林木，擺明知道他在說謊。

林木抿著唇，眼睛一瞥，發現吳歸和晏玄景面前的杯子都已經空了，趕緊說道：「你們聊，我再幫你們倒點茶。」

晏玄景盯著溜走的林木，擰著眉頭半晌，看著林木拿著茶壺過來了，才緩緩從他身上收回了視線。

不說就算了，誰都有祕密。

九尾狐重新坐回了椅子上。

林木把另一杯茶交給吳歸，得到對方的道謝之後也坐回自己的位置，豎著耳朵聽那邊的討論。

吳歸抿了口茶，說道：「帝屋被埋的時候我還沒成精，現在也只能靠記載和星象得知一些情況，他到底是怎麼一回事你應該比我知道更多。」

晏玄景也不介意被辦公室裡另外兩個妖怪聽到，點了點頭，又搖了搖頭，「大荒那個應該不單純是他，氣息不對。」

吳歸微微皺起眉來，「怎麼說？」

晏玄景說道：「大荒裡只有他的妖力。」

妖力是不可能自己動起來的。

「而且，如果單純是他的妖力的話，應當不足以傷我才是。」

當初帝屋倒臺的時候，一些跟他有交情的妖怪不是沒跟那些玩陰的妖怪廝殺過。但是能從帝屋的力量裡分得一杯羹這個誘惑實在是太大，過了沒多久就倒戈了大半，最後以帝屋那些真心的朋友潰敗作結。

他們只能轉而去護住一些跟帝屋交情不錯，卻被那些傢伙盯上，已經成妖或者即將成妖的奇花異草和神木，以免他們步入帝屋的後塵。

晏玄景的父親晏歸，就是這些朋友中的一個。

帝屋打天打地殺遍了妖魔鬼怪也絕對不會打的其中之一，就是九尾狐。

晏玄景十分冷靜，「還請您再仔細卜上一卦。」

「那帝屋的事？」吳歸微微皺著眉。

「冤有頭債有主。」九尾狐的聲音冷冷清清，「誰作的惡，誰得了利，因果輪迴本該如此。」

吳歸身為一個專窺天機的卜卦師，自然也是明白這個道理的。

他搖了搖頭，並沒有強行要求晏玄景插手這事的意思，只是說道：「中原處理公事的妖怪都是清白不沾惡果的，我們倒是不怕，只是他這麼殺，容易殺出事來。」

晏玄景頓了頓，大概猜得到吳歸說的是什麼事。

距離帝屋被分而封印已經過去數千年了，做出這種惡行的人和妖自然無法成仙，更會因為犯下的惡行而前路坎坷，多半早已屍骨無存。

留下來的都是他們的後代，其中也許有些知道當年的事情，但過了數千年，妖怪先不說，人類已經傳下不知多少代了。如今的人類之中，修仙和妖怪這類事情都已經徹底銷聲匿跡，更別說當年發生的事了。

在大荒裡，這種血海深仇，就算當事妖死了，仇家掘地三尺挖墳，把那一支血脈連拽帶扯，上至老祖下至呱呱墜地的小妖全宰了，那也是活該。

但在中原這邊不一樣。

人類的壽命短得很，妖怪記在心上數千年的仇，幾代過去根本就沒有人知道這回事了。

吳歸說的會殺出的問題，就出在這裡。

在大荒裡，妖怪數千年可能也就兩三代，基本上個個都知道上兩輩的仇怨，以方便自家小孩在遇上仇家的時候趕緊跑路。

在明知道是罪孽的情況下還從中取得利益，那死了，是正經八百的因果兩清。

但人類不同。

人類少說幾百代過去了，誰手裡有個祖傳據說很靈驗的護身符帶在身上，那都是得利者。

再往深處說，當初埋帝屋的那些地方，所有在其上生活過的人，都是得利者。

帝屋要把所有沾上因果的人都殺了，那這世上的人口至少會減個半數。

那些人並不知情，而且因果實在太分散了。

當初幹這事的那批人和妖，恐怕就是打著這種分散因果的惡毒主意，讓那些一無所知的人和妖也背上他們本不該有的惡果。

而這些人和妖，在死去進入地府接受審判的時候，這份因果是會算進刑罰裡去的。

每一份刑罰判下去，因果就會減一分，再過個數千年，哪怕帝屋出來了，也已經找不到能復仇的對象了。

那麼那些人和妖的後代，也就徹底安全了。

以前沒有細究過這種恩怨情仇還不覺得有多駭人，查閱一番再細細一想，哪怕是身為骨子裡有著好鬥性格的妖怪，也只覺得一陣毛骨悚然。

可是不管怎麼說，如今那些毫不知情的人類和妖怪，真的是無辜的。

吳歸說道：「不知者無罪，哪怕他們得了利也應當如此，地府在審判他們的時候自會有惡果懲罰。」

晏玄景面無表情，「罪惡理當隨著血脈流傳，地府審判如何跟帝屋決定親手裁決因果有什麼關係？」

這種時候大荒長大和中原長大的兩邊妖怪，思考的差距就體現得淋漓盡致。

吳歸重重嘆了口氣，實事求是，「哪怕他殺的都是當初那些人類和妖怪的後代，因果也遠遠抵消不了他的殺孽呀！他的魂魄被拆散過本來就不穩，在殺完之前自己就會魂飛魄散，這不值得。」

晏玄景的眉頭微皺，對於吳歸的話無法贊同，「報仇哪有什麼值不值得的。」

吳歸：「……」

也是。

說到這份上晏玄景也完全沒有插手的意思，老烏龜也不再說了。畢竟晏玄景本來就只是來幫忙監視那個通道的，他沒道理讓人家幫忙處理中原這邊的事務。

講白了，帝屋如今在中原只有半穩不穩的魂魄，他們還攔不住找不到人家，那是他們中原的妖怪太過於廢物。

說出來都嫌丟臉的那種。

只不過這種情況，實在不太好給上頭交代。

幾千年前那幫傢伙自作孽就算了，現在竟然還要別人來幫忙擦屁股。

老烏龜嘆了口氣，想到自己和同僚們完全查不到帝屋到底被分別鎮在了哪些地方，也毫無頭緒如何處理，不禁開始感到頭疼。

他腦子不笨。

林木坐在座位上聽了個囫圇，呆怔了好一會，突然打了個寒顫。

帝屋被這樣鎮壓了數千年，那身為帝休的爸爸呢？

他爸爸現在在哪裡？

是真的死了，還是像帝屋一樣，被神不知鬼不覺地分成了那麼多份，連魂魄都被拆散鎮壓在不知名的地方？

林木手腳冰涼，腦子一片空白，一直到大黑過來提醒他下班了，才緩緩回過神。

大黑感覺從老太太那邊回來後林木就不大正常，他在林木眼前揮了揮手，「你怎麼了？」

晏玄景不知道什麼時候已經走了，走前在林木的桌上放了個白色的編織手繩。

吳歸抬眼看了看林木，提醒道：「把那個手繩戴上，是九尾狐的毛編的，路上別被其他的妖怪叼走了。」

林木只覺得手腳僵硬得可怕，聽什麼都覺得像隔著一層薄膜。勉強聽清他們說了什麼，一時也反應不過來，呆愣愣地被大黑戴上了手繩，他邁著僵硬的步伐，渾渾噩噩地回了家。

手機上有譚老師傳過來的媽媽參與過的研究計畫記錄。在有他之前，媽媽參與了很多計畫。

林木坐在院子裡那架跟媽媽一起做的鞦韆上，吸了吸鼻子，翻看著那些記錄，感覺自己一時半會恐怕根本沒有時間去當地。

一方面是因為工作，另一方面是他對野外冒險這些事一點也不瞭解，最重要的是，他現在並不適合單獨去深山老林裡。

深山老林裡有什麼？

妖怪。

一群又一群的妖怪。

今天帝屋一眼就認出來，要是去了那些人跡罕至的妖物天堂，十之八九也會被認出來。

哪怕如今妖怪的戶籍制度相對已經比較完善了，但誰都說不準當初還沒開始登錄的時候，有多少妖怪大咖隱進深山裡閉關，到現在都沒出來。

林木還是很有自知之明的，別的不說，就說帝屋，身負重傷還能輕易抓住他，更別說一點傷都沒有、甚至剛閉關出來可能道行還有增長的大咖了。

他要是不小心遇到了這種大咖，人家揮揮手他就完了。

林木意識到自己的弱小之後更加難過了幾分，他摸了摸被大黑戴在手腕上的手繩，也不知道這個到底有多少用處。

他拿著手機茫然了半晌，翻了翻通訊錄，下意識撥給了帝屋。

帝屋很快接起了電話。

電話那頭風聲很大，帝屋今天上午是開著車離去的，林木覺得帝屋可能是在飆車。

林木訥訥地開口，「帝屋……」

「啊？」帝屋那邊應了一聲，在半空中一腳踢爆了一個鳥妖的腦袋，帶著呼呼的風聲穩穩落在了地上，滿臉嫌惡地甩掉腳上沾著的血肉，「怎麼了？」

林木張口想說自己爸爸的事，開口又閉上了嘴，轉而說道：「我聽說……你再殺人會魂飛魄散的。」

帝屋聽到這話，單獨走在血流成河的大宅院裡，一邊翻找著東西一邊敷衍地輕哼了一聲，「哦，然後呢？」

林木縮在鞦韆上，半晌也說不出個然後。

他想說的事情太多了。

他想告訴帝屋不要再殺人和妖。

因為跟他爸爸稱得上是朋友，還和他有交情的，人類也好妖怪也好，就只有帝屋這麼一個。

林木實在不希望哪天突然得知帝屋因為殺孽太重魂飛魄散。

他還想拜託帝屋去爸爸可能存在過的地方看看。

但林木剛想說出口，就發現前者自己沒有過問的立場，而後者會讓帝屋置於險境。

那些藏起來的大妖怪打一個重傷的帝屋恐怕問題不大。

林木沉默半晌，吸了吸鼻子，「我不想你死。」

帝屋翻找東西的動作一頓，稍顯詫異地睜大了眼，過了好一會，不大自在地輕咳一聲，繼續翻找起來，嘴上說道：「我哪有那麼容易死。」

林木小聲說道：「那我的血給你，你……」

「誰要你的血？」帝屋說道。

林木張了張嘴：「……」

不是你要嗎？

「好了。」帝屋從房間暗格裡抽出一捲布製卷軸，打開掃了一眼，「你吃好喝好，小孩子別管那麼多。」

帝屋說完就乾脆俐落地掛了電話，微微眯起眼看著手裡的卷軸。

這是一幅畫著一棵蒼青色巨樹的繪卷。

這樹帝屋再眼熟不過，可不就是他親眼看著長大的那棵小樹苗。

帝屋摸了摸自己掛在腰間，裝滿了林木鮮血的白玉瓶。此刻瓶子飄浮起來，閃爍著淺淡的微光，輕輕拉扯著帝屋往宅院更深處走去。

這血可不僅僅用來穩定神魂而已。

林木會想到的事情，帝屋自然不會想不到。說帝休死了只不過是想讓一無所知的小半妖先入為主，反正這麼多年林木早就默認自己的爹掛了，也免得小鬼跑去調查帝休到底在哪裡然後把自己給賠進去。

帝屋再清楚不過了，像他們這種上古的神木，只要不是自裁就很難死得徹底。

誰沒事傻到會去自殺呢？

所以誰失蹤沒有消息了，十之八九是被陰了。

扒皮拆骨被分而食之只是枝微末節而已，多半是不會讓他們死絕的，那幫貪心的東西還指望著能夠長長久久得到庇蔭呢。

帝屋冷哼一聲，跟著玉瓶的指引，在這個占地頗大的宅院裡翻箱倒櫃找了一圈，最後臉色陰沉沉地拿著幾支卷軸和古籍走出了門。

門外整整齊齊地站著三排西裝男，看到帝屋從院子裡出來了，對裡頭沖天的血氣視而不見，只有其中一個走上來對帝屋喊了一聲「老大」。

他背後兩人正扣著一個被打得鼻青臉腫的男人。

「去查查這幾個城裡的家族。」帝屋把手裡的卷軸扔給了走上來的男人，甩掉手上的血跡，轉頭看了那個被打得奄奄一息的人一眼，在他面前蹲下來，慢吞吞地摘掉了對方掛在脖子上的一個小錦囊。

「拿我的本體禦凶來防帝休的怨氣，想得倒挺好。」帝屋咧嘴嘻笑了一聲，把那個小錦囊拿在手裡，看著一直在周圍徘徊的幾個厲鬼瞬間撲上來啃噬撕咬著眼前這人，嫌棄地收回視線，轉頭上了車。

車子很快開走了，帝屋對被拋在後頭的慘叫聲充耳不聞，只是低頭看著手裡一塊巴掌大小，看起來難看有瑕疵的蒼青色玉石。

玉石正閃爍著，那些灰黑色的斑紋不停地鼓動，彷彿活物。

「安靜一點，等你的怨氣沒了，我再給我們倆多湊點魂魄，收回一點本體和妖力，就帶你去見你那個嬌弱的孩子。」帝屋「啪」地一彈那顆玉石，彈得玉石滾了個圈，然後才懶洋洋地說道：「不用擔心，你孩子身上有九尾狐的氣息。」

那顆蒼青色的玉石瞬間安靜了下來。

林木看著被掛斷的電話，失落地跺了跺腳。

老舊的鞦韆發出「吱呀」一聲，慢悠悠地輕晃了兩下。

林木把手機收好，重重地嘆了口氣。

他實在沒有什麼能夠求助的對象，兩個同事都沒辦法指望，而他自己也不認識什麼妖怪，更別說能夠在未知的世界裡肆無忌憚橫行的大妖怪了。

帝屋現在自身都難保了，林木不管從哪方面考慮，都不可能去求助唯一一個也許有能力幫他也願意幫助他的帝屋。

自己弱到不行，血脈還被人覬覦，待在家裡有朝暮護著還比較安全。辦公室因為資料室的特殊性質也不用擔心被襲擊，但要是往外跑，就難說了。

弱小是原罪。

林木靠著鞦韆的椅背，想到極有可能已經慘遭毒手的爸爸，感覺一陣難過。

這種孤立無援的滋味不是第一次了。

當初有人欺負他們孤兒寡母的時候，還有媽媽病重走了之後的那段時間。

跟媽媽相依為命的時候，那些日子雖然有些艱苦，但林木並不覺得多難熬。

讓他覺得難熬的，是那種因為無力弱小而無法保護自己想要保護的東西和人的滋味。

還是得自己努力才行。

林木想。

就像以前一樣，被欺負了就打回去。

只要自己足夠強，哪怕孤身一人也無所畏懼。

不過可能要讓爸爸多等一段時間了——如果他真的是被抓走了的話。

不過妖怪該怎麼變強，林木一點頭緒都沒有。

只能求助大黑了。

林木使勁揉了一把自己的臉，摸出手機來，準備打電話給大黑詢問一下妖怪修練的問題。

結果手機剛拿出來，就聽到院子外停了輛三輪越野機車。

林木轉頭看過去，發現是快遞。

想起自己最近買的東西，林木趕緊收好了手機，跳下鞦韆打開了院門。

快遞先生從車後卸下來一大堆東西，看著出門來的林木，喘了口氣，「你買了什麼啊又多又重。」

「一些養狗養花用的東西。」林木看著對方喘氣的樣子，捲起了袖子，「我來搬吧。」

「啊？」快遞先生看了看林木細胳膊細腿的樣子，剛準備出聲，就看到這個細瘦的青年「嘿咻」一下搬起了三十多公斤的鐵藝架，輕輕鬆鬆地扛進了院子裡，轉頭出來又抱起了兩包十公斤的培養土，絲毫不見停滯、步履如風。

快遞先生閉上了嘴，覺得能者多勞也挺好。

他靠著車，看著林木一趟一趟把東西卸下來，一部分放在院子，另一部分則扛進家裡。

林木從屋裡拿出了一把美工刀，走到放在院門口的包裹旁，「麻煩稍等一下，我先拆開包裹看一眼。」

「好，你確認吧。」快遞先生說著，打量起林木的小院子。

這間院落並不複雜，一眼就能看到底。

兩層樓高的自建房屋帶了個小閣樓，從外面看起來，這房子有段年月了。藤蔓悄悄蔓延在外牆上，一樓和二樓有幾扇觀景窗架著花架，種著一些垂吊的綠植，生長得十分茂盛。

其中幾株正值花期，開得分外爛漫。

房子旁邊的水泥路上整整齊齊地擺著一些盆栽，透過一樓窗戶還能看到室內也有一些，水泥路外側翻了一部分地，看起來是準備種什麼但還沒長出來。

除此之外就是一片翠綠的草地，草毯上一架木製的鞦韆安靜地隨風晃著。

院牆外頭的柵欄上盤著藤蔓開著花，小小的，色彩斑斕。

整座院子綠意盎然，風吹過院落帶來一陣清冽的香氣，直讓人全然忘卻了苦惱與煩憂，安逸而睏倦地打起了哈欠。

林木把需要確認的包裹都檢查了一遍，抬起頭來的時候發現快遞先生靠著車已經打起了盹。

他似乎還做了個什麼好夢，睡著的臉上帶著細微的笑意。

林木上前輕輕拍了拍對方，「我確認完了。」

「啊？哦。」快遞先生晃了晃腦袋，「好，我走了啊！」

「你等一下。」林木喊住了他，轉頭去屋裡拿了管薄荷油，交給他，「提神的，路上小心點。」

快遞先生愣了兩秒，不太好意思地向他笑了笑，坦然地收下薄荷油，「哎好，謝謝，你家院子真好看。」

林木聞言，也對他笑了笑，彎起了眉眼，露出嘴角兩個小酒窩。

等到三輪越野機車走遠了，林木收回視線，看了一眼院子外種著的朝暮，發現本該被壓扁的花正毫髮無損地綻放在原地，隨著風輕顫搖曳。

看來普通人是看不見也摸不著的。

林木收回了視線，把那些開箱確認過的包裹都重新蓋上，一件一件搬回了屋子裡。

搬到最後幾件的時候，林木一走出屋子，就看到門外站著一道身影。

晏玄景筆直地站在院子外，身上還是那件並不怎麼適合出現在現代世界的古服，長髮垂在身後，正安靜地注視著院子裡的林木。

林木看著那張臉，微微瞪大了眼，愣了好一會才十分艱難地回過神，趕緊走到院門口打開門，「晏……呃，先生？」

晏玄景的視線掃過林木手腕上戴著的白色手繩，神情瞬間放鬆了許多，向他輕輕頷首，「叫我晏玄景就好。」

林木覺得晏玄景的聲音真是太好聽了。

「您怎麼來這裡了？」

「我來……」晏玄景話說到這裡，凝滯了一瞬。

他也說不上自己是來幹嘛的。

他本來跟著人參娃娃一起找妖怪，結果他們翻過了幾座山頭，沒找到人參娃娃的朋友，倒是整座青要山這一片的妖怪全都知道附近來了隻疑似九尾狐的大妖怪。

這些妖怪頓時架也不敢打了，地盤也不敢爭了，鬧也不敢鬧了，全都安靜如雞地蹲在昏暗的角落裡，生怕一個不小心就被九尾狐勾走魂魄吃掉。

眾所周知，九尾狐要吃魂魄甚至都不用動手，眼神一勾魂就沒了。

一時間妖怪們全都偃旗息鼓，腦袋和眼睛全部藏起來，甚至不敢往外多看幾眼。

人參娃娃的那幾個朋友恐怕正是其中之一，還挺會躲的，翻遍了幾座山頭也找不著蹤影。

此時晏玄景恰巧收到了吳歸回來的消息，於是拔了兩根毛給人參娃娃當護身符，轉頭就去了公所。

他知道在辦公室能夠見到林木，但他沒想到這才一天一夜沒見面，林木身上妖氣的濃度就突然暴漲了好幾個等級。

剛見到林木的時候，不仔細看還不會發現他是半妖，現在卻是一眼就看得出來。

大概也是妖力暴漲的緣故，晏玄景極力收斂的魅惑天賦對他造成的影響也不再像之前那麼大了。

這是好事。

但晏玄景怎麼都沒想到林木身上會帶著血氣。

擺明是受傷了，被別人取走了血。

晏玄景急匆匆地去青要山的通道給在大荒的爹傳了信，告知大荒的事可能跟帝屋有關之後馬上就回到林木家裡，想確認一下林木的安全。

怎麼說都是收留了他，給他提供了一個良好養傷地點的人。

但在確認了之後，他又不知道應該說些什麼了。

晏玄景愣了半晌，臉上始終平靜而冷淡，靜靜地注視了林木後，才不疾不徐地說道：「我來看看你。」

林木驚愕地睜大了眼，開口時有點吃螺絲，「來、來看我？」

「你受傷了。」晏玄景指了指林木的手腕。

林木沒想到一個大妖怪竟然如此重視這個細節，他呆怔了一瞬，頓時警覺起來。

「？」

晏玄景被這突如其來的戒備搞得摸不著頭腦。

林木十分戒備。

講實在話，他跟晏玄景又不熟。

上一次見面還沒用正眼看他呢，第二次發現流過血之後就跟得這麼緊，一定有問題。

堂堂九尾狐這麼注意他做什麼——

林木頓了頓，想起了自己查到的資料。

對了，晏玄景的父親晏歸，是以前保護帝休的大妖怪之一。

但在帝休失蹤之後，整整三十年的時間，他們根本就沒有一點動作。

林木下意識地摸了摸手腕上據說是九尾狐毛編的手繩，小心地看了看明明面無表情、但隱約能看出一點茫然的大妖怪，有點不確定對方到底是敵是友。

林木的視線往下一滑，掃過晏玄景站的位置，發現他恰巧就站在朝暮之外。

林木收回了視線，微微抬頭看向晏玄景，笑出了兩個靦腆的小酒窩，輕聲問道：

「來都來了，您要不要進來喝杯茶？」

背負著罪孽的妖怪是會被朝暮灼燒的。

林木思考著先把這隻九尾狐引進來看看，燒死了他不虧，沒燒起來當他賺到。

晏玄景本能的感覺有一股涼意從背後竄上來，他霍然抬頭看了一圈周圍，沒有察覺到任何異常之後輕輕皺起了眉。

修練到他這個程度，通常感覺是不會出錯的。

——有人在算計他。

林木看著正打量著周圍的大妖怪，試探著喊道：「晏先生？晏玄景？」

晏玄景緩緩收回視線，點了點頭，抬腳直接走進了院子。

朝暮被他的衣襬輕輕擦過，顫動著彎下了枝條，在他走過之後又重新抖擻著挺直搖曳了起來。

林木看著這個大妖怪安然地走進了院子，大大地鬆了口氣。

晏玄景感覺剛剛那股寒意與危機感又驟然消失了，不禁停下了腳步，垂著眼思考自己最近到底有沒有得罪誰。

然後發現得罪的實在太多，好像誰都有可能害他。

「……」

算了。

九尾狐選擇放棄。

林木關上院門，發覺晏玄景正低頭盯著一個開了箱的包裹，趕緊走上去，彎腰把包裹抱起來。

「抱歉抱歉，還沒整理好。」林木有些緊張，抱著包裹連聲說道：「您先進屋坐一下吧。」

晏玄景矜持地點了點頭，熟門熟路地在客廳裡挑了張凳子坐下，姿態端莊，背脊筆挺。

林木拿之前小人參拔下來的參鬚泡了茶給這位大妖怪。

晏玄景端著杯子，把搪瓷杯硬生生端出了珍品茶杯的格調。

九尾狐轉頭看向林木，打量了他兩眼，「你的妖力增強了很多。」

「啊，是的。」林木在面對這個過於好看的大妖怪時多少有些拘謹，在對方安然跨過朝暮之後戒備寬鬆了不少，說道：「因為知道自己的血脈了。」

晏玄景喝茶的動作微頓，等了三秒沒等到林木接下來的話，就意識到林木的血脈並不是能夠隨意說出來的類型。

他喝了口參茶，看著林木欲言又止的樣子，慢吞吞地問道：「你有事？」

「……」林木遲疑許久，還是點了點頭，「有。」

晏玄景放下了手裡的茶杯。

「妖怪……半妖應該怎麼變強？」林木問。

比起大黑，眼前這個大妖怪顯然懂得更多。

林木覺得自己沒必要捨近求遠。

他看著晏玄景，認真道：「我想變強，但我不知道怎麼做。」

九尾狐微怔，回憶了一下自己年幼時的經歷，過了許久，不太確定地答道：「……挨打？」

林木：「？」

第六章

Public Office of Non-human Affairs

林木覺得晏玄景是不是想害他。

他沉默了一會，遲疑地問道：「真的？」

「……」晏玄景其實也有點不大確定。

講白了，在大荒能活下來，還能擁有一定地位的妖怪，大多是靠實力打出來的，只有極小部分妖怪能靠腦子和特殊的天賦走得長遠。

像晏玄景這種從小就被他爹打到大，打膩了還抓著他往妖怪堆裡一扔，活像養蠱一樣養出來的妖怪，占了絕大多數。

他就是挨打廝殺出來的，打架過程中自然而然就變強了，不像人類還能正經八百地慢慢修練。

要說怎麼變強，晏玄景能想到的基本功就是打架了。

而且一開始的時候，全在挨打。

被爹打完被娘打，娘打完被別的來串門子的大妖怪打。等到他們玩膩了，就把他扔到大荒最混亂的地區，然後自己拍拍屁股走了。

等到晏玄景自己從那裡爬出來的時候，就能在大荒絕大部分地域橫行霸道了。

晏玄景就是這麼長大的，要問他有什麼溫和一點、中規中矩的變強方法，他還真想不出來。

但大荒的確也是有著許許多多弱小的妖怪，但他們的生存方式和修練方式是怎麼樣，天生就屬於上位妖怪的晏玄景並不瞭解。

他還年輕呢，才五百多歲。

不像他那個正值壯年的爹，好像整個大荒在他爹眼裡沒有任何祕密。

九尾狐說道：「不同的妖怪大概有不同的方法。」

反正身為九尾狐，他就是打出來的，跟動物打架爭奪領地什麼的區別並不大。

而妖怪，自己成精的都是跟著本能成長，生下來就是妖的，幾乎也都有長輩引導。

至於那些流落在外的，能活下來的屈指可數。

哪怕中原的生存環境比大荒好得多，像林木這樣的情況恐怕也不多。

晏玄景思索了一會，說道：「按照你妖怪的血脈來思考，你的父親怎麼做會變得更大更強，你就怎麼修練。」

林木張了張嘴：「……」

爸爸怎麼做會變得更大更強？

……大概是多喝水多晒太陽吧。

還有呼吸作用、光合作用、蒸散作用。

林木順著思路低頭看了看自己的腳。

沒有根鬚。

又看了看自己的雙手。

沒有葉綠體。

林木想了想，覺得恐怕不行。

晏玄景看著林木這副為難的樣子，微微停頓了一瞬，說道：「實在想不到，就先打架吧。」

林木聞言抬起頭來，看向了晏玄景，帶著點小心翼翼地試探，「我沒有……可以學習的對象？」

領會了暗示的九尾狐站起身。

於是林木挨了一頓毒打。

哪怕晏玄景覺得自己已經放水放到開閘洩洪的程度了，但林木依舊毫無還手之力。

等到林木完全沒力氣的時候，天都已經黑了下來。

到了夜中，圓月高懸。

院子裡沒有開燈，月亮的銀灰流淌在地面上，將院落裡的昏暗驅散，留下了足以視物的光明。

晏玄景看著趴在地上，渾身沒剩下幾個地方完好、宛如屍體的林木，鼻尖縈繞著過於濃烈的血氣。

這血氣不像普通人類那樣滿是鐵銹的腥味，而是與他的妖氣如出一轍的清冽純和，像是被溫熱的春風輕輕拂過的草木，輕飄飄地擦過心尖，留下一片輕快的柔軟。

想要親近他。

這感覺比之前要強烈清晰許多。

晏玄景從自己的儲物環裡摸出了基本上用不到的外傷藥，看著身上滿布傷痕的林木，感覺有點無從下手。

也太弱了。

晏玄景面無表情，心裡有些嘀咕。

他因為受傷沒怎麼動用妖力，純粹依靠技巧都能把林木打成這樣。

「……」

也太弱了。

晏玄景再一次想道，盯著林木的慘狀，又隱約有點懷疑自己。

好像下手太重了。

不過問題不大，半妖很快就能恢復。

九尾狐一邊這麼想著，扯掉了林木的衣服幫他上藥。

林木被晏玄景不知輕重的動作弄得抖了一下，發出幾聲細弱的悶哼。

「……痛。」

從沒伺候過別人的九尾狐停頓了兩秒，小心地放輕了動作。

林木又哼了一聲，「疼。」

倒是稀奇。

晏玄景想道。

之前打的時候都沒聽見林木喊痛，這個時候倒是知道疼了。

林木趴在地上，側著頭，目光穿過綠色的草地，朦朦朧朧恍恍惚惚地看到了星星點點的白色小花，讓林木開始懷疑自己是不是看到了黃泉路邊欣欣向榮的朝暮。

身上的傷口很疼，漸漸變得有點癢。

林木輕輕蹭了蹭面頰下的草地，有些難受地哼了幾聲，想著要是傷口能趕緊好起來就好了，接著睏倦疲累地闔上了眼。

晏玄景慢吞吞地幫林木擦完了背上的藥，又幫他清理了一下血跡斑斑的背部。看著林木恢復如初的光潔背部，發現這個小半妖的皮膚白得透亮，在月光下甚至反射出了些許的螢光。

晏玄景停下來欣賞了一下眼前的美色，然後情緒毫無波動地伸手，準備扒掉林木的褲子，繼續幫他上藥。

這個時候，銀色的月光之中落下了一個又一個柔和的光團，被夜風一吹，顫動了兩下，顫抖地迎著風執著地飄向林木，在他的背上活潑地滾了幾圈，然後輕輕跳起來，悶頭撞進了林木的身體裡。

晏玄景微怔，看著月華的光團越來越多，眉頭輕挑，有些驚訝這些月華的數量。

這些光團晏玄景一眼就看出是什麼了。

通俗來講，就是日月精華之中的月華——是妖怪們偶爾能夠捕捉到的寶物之一，但數量極其稀少，通常只有擁有大功德或者運氣極好的妖怪才能得到些許。

作用非常廣泛，幾乎所有身體的問題都能用它來解決。

晏玄景見過不少也用過不少，但看到這麼多月華還是頭一次。

這幾乎不能稱之為月華了，無數柔和的瑩白色光團彼此簇擁著匯成一道光流，如同溫柔的薄紗，輕輕蓋在了趴在地上的林木身上。

整座院子都因此而蒙上了一層淺淡的螢光。

少數幾團被擠出了隊伍，在光流外無措地轉了幾圈，然後晃晃悠悠地飛到了晏玄景面前，輕飄飄地落在了他的頭與眼睫上，像是一顆顆發著微光的絨毛球，掛在了大妖怪的身上。

晏玄景看著這座被某種令人感到身心安寧、放鬆舒適的氣息所籠罩的院子，微微皺起眉來，總覺得這個畫面在哪裡見過。

他看著越來越多的小光團被擠出隊伍，在夜風中拐著彎奔向他，然後一窩蜂鑽進了他的身體裡。

就像是高山水流衝破冰層的瞬間，嫩芽拱出了土壤，巨鯨破水而出，暗傷像是被什麼溫暖的東西沖刷了一遍又一遍，微疼微脹，以緩慢但明顯的速度一點點修補著他缺失的東西。

晏玄景站起身來，看著被他起身的風帶著撲過來的光團，又看了看林木，收回了手中的傷藥。

他應該是看過這個畫面的。

但五百年的記憶實在太長，讓他記不清到底在哪裡見過。

只是光看著，心裡就會平和溫暖起來。

晏玄景抬起手，看著黏在他手上和衣服上的光團，輕輕抖了抖。被抖落的光團落在他們身邊的地面，那處的青草就精神抖擻起來，接連生出了許多嬌嫩的花苞。

還有一部分被夜風帶著落到遠處，跌進新開墾出來的靈藥田裡。光團一融入進去，那些本該十餘年才發芽的靈藥倏然破土而出，生出了翠綠的尖芽。

晏玄景看了那片靈藥田許久，轉回頭來，發現趴在地上的林木不知道什麼時候已經變成側躺，此刻正微微蜷縮著身體，身上的血跡與傷口消失得一乾二淨，連之前被他扯掉的衣服也被月華的細線一點點縫補起來。

身為九尾狐的晏玄景從來沒有受過這種待遇。

他幼年在大荒半死不活的時候都沒見過這種陣仗，堂堂九尾狐，幾次瀕死，日月也就零零星星地落下了幾點光華，還被蹲守在旁的其他妖怪搶走了。

「……」

晏玄景沉默地站在林木身邊，分享著月華的光流，一直到光流漸漸淡去，靈藥田裡的靈藥已經放肆地展開了枝葉，連外頭的草地都開了一地的花。

晏玄景彎腰，伸手推了推在花草地上睡得香噴噴的林木。

這一靠近，他就發現林木一頭碎髮的頭頂上不知何時生出了一株小小的嫩芽。

林木被他推醒，睡眼惺忪地看了他好一會，才一個驚醒翻身坐了起來，低頭檢查著自己的身體，又扭頭看了一圈周圍，愣了兩秒，結結巴巴地說道：「我、我是被打死了嗎?!」

晏玄景的目光落在林木頭頂搖搖晃晃的小嫩芽上，慢吞吞地答道：「沒死。」

林木聞言，爬起來去把院子的燈打開，又扭頭仔仔細細看了一圈。

不止草地上開滿了花，就連盆栽都開花的開花、結果的結果，不會開花不會結果的也顯得格外有精神。

「……發生了什麼事嗎？」林木恍惚地問道。

「嗯。」晏玄景點了點頭，「有月華落下來了。」

林木不知道月華是什麼，聽著晏玄景用清冷的聲音毫無波動地解釋，覺得這份眷顧八成是源自於帝休。

他正要詢問晏玄景月華能不能用以修練，就發現這位大妖怪的目光若有似無地往他頭頂飄。

林木覺得晏玄景這個妖怪，表面上繃著臉，說起話來也冷冷清清的，實際上好懂得很，一點都沒有傳說中狐狸精的狡黠。

他一邊這麼想著，一邊伸手摸了摸自己的頭頂。

這一摸，就摸到了幾片鮮嫩的葉子，同時感覺自己的頭皮被扯了一下。

林木：「……？？？」

林木兩手摸著自己的頭頂，瞪圓了眼，「有……什麼？」

晏玄景答道：「樹苗的嫩芽。」

林木渾身一震，「?!」

搞什麼啊！

怎麼回事啊！

「我頭上怎麼會……」他話說到一半頓了頓，捂著自己的腦袋，拔了片葉子下來，感覺頭皮一痛，齜牙咧嘴地看了看那片葉子。

是帝休的葉片。

林木：「……」

成功了。

我現在也是有葉綠體的人了。

林木捂著頭，問晏玄景：「您知道……有什麼辦法可以把這個弄掉嗎？」

晏玄景從下方抬頭向上看過來，聽到這個問題微微一怔，答道：「按回去。」

「？」

你們妖怪這麼隨便的嗎。

林木遲疑了一下，聽話的往下壓了壓那棵小幼苗，一用力，那棵幼苗就像是含羞草一樣，瞬間合上葉片，縮了回去。

林木大大鬆了口氣。

晏玄景這下知道林木的血脈是某種樹木了。

不過他什麼都沒說，看到林木沒事了之後，出言告辭。

他還得去通道口等著父親傳信過來，除此之外，人參娃娃還在山裡找朋友呢。

他沒待在小人參身邊，只留了兩根毛給他，也該找到一兩個那些機警的小妖怪了。

林木把晏玄景送到了院子門口，猶豫了好一會，還是問道：「如果您不忙的話……還有空的時候可以再過來嗎？」

晏玄景聽懂了，這意思是還想再打。

他問道：「不怕痛？」

「怕，但也得努力。」林木說著，看著神情冷淡的大妖怪，咧嘴露出兩個小酒窩，「總不會一直都是我在痛。」

晏玄景一怔，頗有些不可思議地打量了林木一番。

這小半妖挑釁起他來了。

真是膽大包天。

「可以。」

就當是分享月華的回禮。

晏玄景點了點頭，下一瞬間，他的身影就從林木面前消失了。

兩天之後，晏玄景到通道口走了一圈，從負責登錄的守門妖怪那裡收到了他父親的回信。

狂草的字體恣意狂放，上面絲毫沒在關心他這個兒子，對大荒的情況也隻字不提，信裡只有一句話。

——你從哪裡沾到了帝休的氣息？

晏玄景帶著人參娃娃和他的朋友們回來的時候，林木正在做早飯。狐狸的脖子上掛著個小布袋，布袋裡裝著一株人參、兩株含羞草和一顆圓滾滾的馬鈴薯。

一進到院子裡，布袋就被無情地扔到一邊，兩株含羞草和馬鈴薯眨眼間便鑽進了土裡。

人參娃娃打了個滾，邁著兩條根脈剛想跑進屋裡，就被院子裡茂盛的靈藥田給震驚得說不出話來。

他愣了好一會，變回人形扭頭「噠噠噠」地衝進廚房。

小人參張開小短手抱住了林木的腿，「林木林木，我回來啦！」

林木最近妖力暴漲耳聰目明，早聽到了小人參的動靜，被抱住大腿也沒多驚訝，轉頭塞了顆蘋果給他，「回來啦。」

「對，我帶了小馬鈴薯和含羞草回來。」小人參捧著蘋果仰起頭，卻發現林木腦袋上頂著一株小嫩芽，愣了兩秒，扯了扯林木的衣襬，小聲道：「林木，你也發芽啦？」

林木一愣，抬手摸了摸頭頂，這才發覺小嫩芽竟然又跑出來了。

他看了看廚房窗外大好的陽光，嘆了口氣，「大概是陽光太好吧。」

小人參聽了，學著林木的樣子嘆了口氣，抬手摸了摸自己腦袋上的人參籽，使勁按回去，童言童語地嘆息道：「我的小果果也不聽話，總是天氣一好就跑出來。」

林木：「……」

這還真是植物妖怪的共通性質。

「林木林木。」小人參重新抱住了林木的大腿，「外頭的靈藥田是怎麼回事啊？怎麼就發芽了？而且外面的土地靈氣好濃啊……」

小人參說著就驚慌起來，嘴一癟，委屈地說道：「你是不是有養別的小妖怪了。」

「沒有，只是最近落下了不少月華。」林木說道。

晏玄景並沒有跟他說月華到底有多珍貴，這兩天晚上林木看著如水流一樣源源不絕的月華，心裡根本沒有半點底。

「月華落在地裡，草木就會長得很好。」

林木說完，摸了摸自己頭頂的小嫩芽。

嗯，小嫩芽也長得很好。

小人參懵懵懂懂的，活了這麼多年運氣全都用在逃命上了，也不知道月華是什麼，聽見林木說他沒有養別的小妖怪，「嘿嘿」笑了兩聲，用小腦袋蹭了蹭林木。

林木轉頭又拿了另外幾顆蘋果，問小人參：「你的朋友們呢？」

「他們比較害羞。」小人參從他手裡接過了那幾顆蘋果，「我把蘋果拿去給他們。」

「好。」林木笑著摸了摸小人參的腦袋。

小人參抱著四顆蘋果「噠噠噠」地跑出去了。

牛奶糖姍姍來遲，在小人參跑出去之後，才慢吞吞地走了過來，跟之前一樣端坐在廚房門口，目不轉睛地盯著林木。

晏玄景在收到自家親爹的信時，終於想起來到底是在哪裡見過足以匯聚成流光的月華了。

那是在他剛回到青丘國沒多久的時候。

年幼的晏玄景好不容易從混亂之中爬出來，沾了一身因果，沒過多久就在一次地盤爭鬥時出了狀況，出氣多進氣少，被他爹十分緊急地送到了一座被防護得死死的山谷裡。

那座山谷靈藥叢生，在外頭極少見的各種靈草繁多得像是不值錢的雜草，山谷安寧寂靜，除了風聲就只有潺潺的水流聲。

大荒普通的動物並不算少，但那個山谷上空飛鳥絕跡，地上也沒有什麼走獸，溪流中更是沒有魚。

有的只有晏玄景眼熟的幾個跟他爹交好的大妖怪和神獸，在這座山谷中最顯眼的那棵樹底下睡得四平八穩，就連他爹都毫無形象地躺成了一灘毛茸茸的液體，看上去極其安逸舒適。

晏玄景對那座山谷的印象並不深，只隱隱約約記得幾個畫面，還有從天而降澎湃磅礡的日月精華。

那些明亮充盈的光團落在那棵樹上，那棵樹也落下幾個軟綿綿的光團來，混在日華和月華裡，悄悄地鑽進了在場的妖怪身體。

那是晏玄景療傷療得最舒服的一次。

帝休的力量讓他忘卻了疼痛，精神也非常和緩安寧，日華和月華迅速修補好他重傷的身體。

等到他意識完全清醒的時候，他那個睡成一灘毛茸茸液體的爹就跳起來把他叼出了山谷。

那段記憶始終有點模糊，現在一思考，晏玄景用腳想都知道是他爹刻意使他遺忘的。

帝屋的事情給帝屋的朋友們敲了記警鐘，妖怪之中不乏能窺探他人記憶者，因此在妖怪本身足夠強大之前，哪怕是親生兒子也不許記住山谷的進出方式和具體情況。

現在晏玄景已經被他爹承認是下一任國主了，還是不記得這段記憶，晏玄景掐腳一算，八成是他爹完全忘記還有這麼一回事了。

於是晏玄景給他爹去了信，告知他帝休死了，然後帶著人參娃娃回到林木的居所。

他現在終於明白為什麼林木會那麼吸引他了，也明白為什麼林木能種出朝暮了，更明白為什麼林木的星星會被遮住了。

因為林木是帝休的血脈。

光是憑著他的血脈，就足以掀起一陣動盪。

而且林木才剛剛覺醒，是個弱雞中的弱雞。

晏玄景並不清楚帝休的事情，但他知道帝屋的事。

當初帝屋的事情在大荒鬧得實在不小，再加上帝屋是他爹的朋友，晏玄景對當年的事情知道得十分詳細，自然也清楚林木這種特殊的血脈會引來什麼。

就連帝屋那種水準的妖怪都會陰溝裡翻船，林木這個小半妖就更別說了。

晏玄景趴在地上，兩隻前腳交疊著，眉頭微蹙，神情有些凝重。

帝休曾經救過他的命，他覺得自己非常有必要護住帝休的兒子。

可是林木實在太弱了。

弱到晏玄景都感到難以置信。

半妖本來就天生殘缺，而林木更是殘缺中的殘缺。

沒有長輩指點，不知道怎麼變強，還只有二十三歲。

二十三歲，他們這些妖怪打個盹都能打個十幾年。

「牛奶糖？」林木伸手在自家小狗面前晃了晃，看了看自己弄好的水煮雞胸肉，又看向盯著他不放的小狗，說道：「吃飯呀？」

晏玄景慢吞吞地收回視線，起身吃飯。

林木自己吃完了一碗麵，看時間還早，搬了個箱子出來，放在牛奶糖身邊，一樣一樣拿出來，「我給你買了好多東西，看，潔牙骨，罐頭。新狗窩可以擺在客廳和書房，還有一些給你玩的小玩具。」

林木說著，拿出了一隻小雞玩偶，捏了捏，玩偶發出了「啾啾」的聲音。

晏玄景聽著耳邊一直啾個不停的動靜吃完了飯，一抬頭就看到林木盤腿坐在地上，低頭看著手裡的小雞玩偶捏個不停，愛不釋手的樣子。

發現他吃完了，林木捏著玩偶偏過頭來，「你看，很好玩的。」

晏玄景：「……」

我看你自己玩得挺高興的。

林木發現自家小狗興趣缺缺的樣子，又從包裹裡拿出了另一隻玩偶，「不喜歡小雞還有小恐龍。」

捏一下「吼」一聲。

「除了小恐龍還有貓咪。」

捏一下「喵」一聲。

「除了貓咪還有鴨鴨。」

捏一下「呱」一聲。

「不喜歡的話還有狗狗的。」

居然還是兩種聲音，分別是「汪」和「嗷嗚」。

林木捏了幾下那個狗狗玩偶，突然抬眼看向自家牛奶糖，後知後覺地說道：「牛奶糖，你好像都沒有汪汪叫過，也不會搖尾巴。」

正在思考怎麼讓林木變強的晏玄景被那幾個玩偶吵得腦袋有點痛。聽到林木這麼一說，晏玄景沉思了兩秒，探頭從他手裡叼起那個狗狗玩偶，咬一下，玩偶「汪」了一聲。

林木：「……」

晏玄景看著沉默的林木，以為他不滿意，於是咬著玩偶發出了宛如跳針一般的「汪汪」和「嗷嗚」聲。

「牛奶糖。」林木比了個暫停的手勢，看到手腕上的九尾狐毛編織手繩，嘀咕道：「你認真的樣子好像晏玄景。」

當事狐晏玄景先生一頓，抬頭看向了林木。

「不過你沒有晏玄景好看。」林木揉了揉小狗的毛，說道：「等你成精了，人形要好看一點，有晏玄景一半就太好了，沒有一半四分之一也行。」

「……」晏玄景保持沉默。

「不過性格可別學他。」林木小聲說：「正經死板，不知道變通，一點水都不放。」

胡說八道。

水都放決堤了。

當事狐看著林木，咬了一口玩偶，發出了「汪」的一聲以示反駁。

晏玄景想著要不要乾脆變成人形算了。

反正臭小鬼已經能抵抗得住他的魅惑，他也做好了長期守在此地保護這棵小帝休的準備。

「不過他長得好看。」林木毫無所覺，抿了抿唇，說道：「長得好看就無所謂了。」

「……」

晏玄景沉默地看著林木，打消了變成人形的想法。

要是讓林木知道這些話他全聽見了，怕是要表演一個現場自閉。

找個不那麼尷尬的時候吧，晏玄景想著，把玩偶扔到一邊，趴了下來。

「但不知道他什麼時候才會再來。」林木摸著自家小狗，有些苦惱，「這兩天好多小妖怪來拜碼頭，送了一堆我不太認識的東西，得交給他。」

晏玄景顫了顫耳朵，轉頭看向採了好幾株靈藥跑進來的人參娃娃。

人參娃娃拿著靈藥，碰巧聽到剛剛林木的話，「啪嗒啪嗒」地跑過來著急地問道：「什麼小妖怪！林木你不是說沒有小妖怪嗎！」

林木摸了摸他的腦袋，解釋道：「是有小妖怪過來拜碼頭，說看到九尾狐出現在我這裡過，再加上朝暮，就當成九尾狐在我這裡了。」

短短兩天時間，以青要山為圓心，這方圓幾百里之中生活的妖怪們，幾乎都知道附近來了隻九尾狐，在山裡徘徊了好幾天，一副想要占地盤的樣子。

要知道，九尾狐輕易就能勾走魂魄，只差在他想不想，沒有能不能的說法。

驚慌的妖怪們要嘛急匆匆離開了青要山，不想離開的就心驚膽戰地探查了一番。

正巧有鳥雀的妖怪遠遠看到了晏玄景和林木打架，還引來了一大片月華的場面。

九尾狐對於中原的妖怪而言是遙不可及的傳說，九尾狐引來月華，在他們看來是完全正常的事。

何況接下來兩個晚上依舊有著如水般的月華籠罩著那座小院子。

於是妖怪們坐不住了，紛紛拿上自己最珍貴的寶貝，小心翼翼地放在了朝暮圈外，希望能夠得到靠近甚至是進入的允許，得到一些月華——哪怕只是一兩團，對於他們而言也是可以救命的東西了。

林木對這些東西並不清楚，好不容易抓住了一個沒有逃走的小妖怪，問過之後才知道他們送來的這些東西是想上貢給九尾狐的。

他總不能收下小妖怪上貢給九尾狐的東西，當然是要轉交的。

但就是不知道晏玄景什麼時候會再過來。

「那你要跟那些小妖怪說清楚。」人參娃娃抱著靈藥，鑽進林木懷裡蹭了蹭，抱著他的脖子，「他們又不是來投奔你的，不識相，我們不要。」

林木感到好笑地拍了拍小人參的背，「嗯嗯。」

小人參說道：「你跟那個九尾狐是什麼關係呀？」

「嗯……」林木想了想，「暫時的師生關係。」

小人參童言童語，「為什麼是暫時的？」

「因為他長得很好看。」林木十分實誠地說道：「我想跟他做朋友。」

晏玄景偏頭看了林木一眼，毛茸茸的大尾巴一甩，乾脆把自己捲成了顆球。

哼，小色鬼。

第七章

Public Office of Non-human Affairs

林木捂著腦袋，翻箱倒櫃找著帽子。

不知道是不是因為小人參回家了，頭頂上的小幼苗總是按下去過不了多久又悄悄探出頭，林木放棄了把它按回去的念頭，乾脆找頂帽子遮起來。

晏玄景叼著林木新買給他的大狗窩，拖到院子裡，看著從日光中隱隱約約落下來極為淺淡的日華。他跳進陽光下的狗窩裡趴好，懶洋洋地側躺著。

淺金色的日華像蒲公英的種子一樣隨風飄來，搖搖晃晃落了九尾狐一身，來不及落進他身體裡的，就沿著順滑的毛滑到了狗窩裡，洋洋灑灑地堆了一叢。

小人參頭一次見到這種東西，蹲在狗窩旁好奇地輕輕戳了一小團，那團細小的光亮瞬間鑽進了他的手裡，消失不見。

小人參恍恍惚惚地看著自己的手，半晌打了個飽嗝，頭頂上被太陽引出來的人參籽越發鮮亮紅豔了。

他兩眼發亮地咂咂嘴，又伸手想去抓那些小小的光團，被躺在狗窩裡的牛奶糖拿尾巴狠狠地打了一下，痛得一抖收回了手。

小人參「呼呼」地吹著自己的小肉手，對上牛奶糖威嚴的視線，委委屈屈地癟嘴，「好嘛，不抓了。」

晏玄景收回目光，懶洋洋地享受了好一會日華，看了一圈這座院子。

日月精華最是能養育一方水土的甘霖。

院子裡的靈藥長得很好，花草旺盛絢爛，要是有強大一些的妖怪前來，甚至還能捕捉到凝成淺淡霧氣的絲縷靈氣。

這哪怕是在大荒也很少見。

晏玄景微微瞇了瞇眼，想起林木之前說已經有不少小妖怪找上門來了，略微思索，尾巴輕輕一勾，用妖力將這個院子從其他妖怪的感知中掩藏起來。

讓所有不認識的妖怪都沒辦法再看見這裡的情況，而試圖靠近的就讓他們都感受一下什麼叫鬼打牆。

迷惑心神這種事情，九尾狐再擅長也不過。

至於有能力穿過鬼打牆的妖怪，那就不會是什麼簡單的小角色了。

不過沒關係，門外還有一圈朝暮攔著路。

問題不大。

晏玄景滿意地看著自己的成果，在清晨的陽光之中打了個哈欠，尾巴一甩裹住自己，在窩裡捲成了一顆球。

林木好不容易找到了一頂鴨舌帽，戴在頭上，摸了摸被壓彎之後還是堅強地把葉片尖端探出了帽子邊緣的小嫩芽，也不再管它，拿著手機和鑰匙準備出門上班。

小人參邁著短腿跑過來，對林木說道：「林木，我們要做什麼樣的房子呀？」

林木這才想起小人參帶回來的幾個小伙伴是會蓋房子的，他想了想，回屋裡去列印了一堆之前整理好的溫室參考範本，交給了小人參。

「這些我都挺滿意的，你們看哪個比較方便一點就蓋哪個，決定好了告訴我，明天週末了我們去買材料。」

小人參縮了縮脖子，「我……我們不去很多人類的地方。」

林木安撫地拍了拍他的腦袋，「也可以，我自己去。」

小人參對林木甜蜜蜜地笑起來，拿著手裡的紙，蹦跳著跑了出去。

林木看著他跑到了院子的小角落，那裡挨著兩個小女孩和一個少年，小心翼翼地看著林木。

林木對他們笑了笑，推著摩托車出了院門，決定今天買顆大西瓜回來榨汁。植物嘛，應該都喜歡喝水才對，換個方法給幾個小鬼頭弄點飲料應該不錯。

「我去上班啦！」林木照舊喊了一聲，「電鍋裡有牛奶糖的午飯，小人參你記得餵一下！」

小人參跑到柵欄邊，晃著小腦袋，「好！林木路上小心！」

晏玄景懶洋洋地顫了顫耳朵，翻了個身繼續晒太陽。

林木剛到辦公室，還沒推門，大黑就從裡面走了出來。

見到林木，他手一伸，直接把林木抓走了。

林木掃了一眼辦公室，發現吳歸正在跟另一個同樣白髮蒼蒼的老人坐在一起說著話。

一直都老神在在彷彿在神遊的吳歸神情認真了起來，而另一個老人卻一點也不像他精神矍鑠，而是一副行將就木的樣子。

林木跟著大黑往外走，疑惑地問道：「怎麼了？」

「迴避，老烏龜的兒子來了。」大黑說著，掏出了兩個資料夾，「剛好順便出個外勤。」

「兒子？」林木一愣，「那個老人？」

「對啊，那是老烏龜的兒子，跟你一樣是個半妖。」大黑說道：「年輕的時候受了傷，傷到了根本，搞得才一千多歲就這副半死不活的樣子。」

「啊。」林木張了張嘴，「吳歸不是不喜歡人類嗎？」

「對啊，他老婆都死一千多年了，唯一的掛念就是兒子，結果兒子這副樣子就是被幾個人類道士搞的。」大黑嘆了口氣，告誡林木，「畢竟咱們這個公所嘛，多少是要跟人類接觸的，接觸多了就總會產生點感情。你還小，要多多注意。」

林木不知道大黑這是要他注意什麼，但聽到他這麼說，還是點了點頭。

「老烏龜也是倒楣，當年處理了一個在中原四處作亂的妖怪因此被報復，老婆被連累死了，兒子要報仇，尋仇的時候遇上幾個道士，差點沒了命。」

大黑說著咂咂嘴，重重地嘆了口氣，「據說快八百年了吧，老烏龜一直在找能治好他兒子的靈藥。」

林木想到第一次見到晏玄景的時候，他就給了吳歸幾株飽滿鮮嫩的靈藥。

「這樣啊。」林木點了點頭，想到自家小院子的靈藥田，問道：「是需要什麼樣的靈藥？」

「不太清楚。」大黑搔了搔頭，「我哪知道啊，我一隻剛成精沒多久的狗，連靈藥長什麼樣都沒底呢。」

林木想了想，還是沒說出自家有一堆靈藥。

他伸手扶了扶有些滑落的帽子，感覺小幼苗被壓得有點難受。

大黑輕咦一聲，這才發覺林木的變化，「你怎麼戴帽子了。」

「啊。」林木咂咂嘴，「因為我發芽了。」

大黑愣了兩秒，「發芽？」

林木微微掀起了帽子，被帽子壓著的小幼苗從縫隙裡擠出一小點綠色，然後又被林木無情地塞了回去，「發芽。」

大黑斟酌了半天，乾巴巴地說道：「……挺可愛的。」

林木也覺得幼苗挺可愛的。

但可愛有什麼用，頭上頂著一株小綠植害他都沒辦法出門。

林木又扶了扶帽子，跟著大黑走進了一處住宅區，然後被大黑塞了一個資料夾和一支筆，「你記普通人類，我記妖怪。」

林木拿著筆，低頭翻開了手裡的資料夾，裡面夾著一疊表格，第一張紙上面大字寫著《青要公所流動人口登記表》。

「我們主要是要核對一下外來的流動人口，看看有沒有外來的妖怪跟著人類租戶混進來。」大黑稍微解釋了一下這個工作，「現在有不少貓貓狗狗什麼的妖怪變成原形，假裝自己是隻寵物，跟著好心善良的人類騙吃騙喝，騙爽了就拍拍屁股跑路，給那些善良的人類造成了深重的心理陰影和精神打擊，非常壞。」

林木：「……」

的確挺壞的。

「那這種一般怎麼處理啊？」

「不處理。」

林木：「？」

「我們只負責登記。」大黑晃了晃手裡的資料夾，「不負責拯救倒楣鬼。」

林木：「……」

「不過也有不少真心想陪著人類的妖怪。」大黑說著「汪」了一聲，「狗嘛，你懂的。」

林木跟著大黑走了三個住宅區，從最後一個住宅區出來的時候天際已經擦上了黑色。

林木甩了甩寫了一整天表格的手，往資料夾後面翻了一頁，「還有一……怎麼在那麼遠的地方？」

「因為那個地方比較特殊一點。」大黑闔上資料夾，「那是個隱藏起來還算挺大的世家，祖上是除惡妖抓凶鬼的，跟我們合作過幾次。雖然最近這些年沒幾個出色的後代，但每次出外勤的時候當然是要去他們那裡拜訪一下。」

林木聞言有些驚訝，「還真的有世家這種東西啊。」

「當然有了，這個世家還有不少可以驅策的妖怪呢，不然我們幹嘛常常要去記錄。」

大黑帶著林木慢吞吞地往前溜達，「這次的情況很好了，以前出外勤總會遇到幾個找打的妖怪。晏玄景來了之後，附近到處都在傳九尾狐要占領這裡，那些不安分的妖怪都不敢出來了。」

說到了晏玄景，林木就想起來了，轉頭問大黑：「你知道怎麼聯繫上晏玄景嗎？」

大黑一張嘴，硬生生把「晏玄景不就在你家」這話吞回去，搖了搖頭，「不知道，吳歸應該知道。」

林木點點頭，想著如果再見不到晏玄景的話，就找吳歸要一下聯繫方式。

他家裡堆了一堆東西，實在不知道怎麼處理。

大黑藏著牛奶糖就是晏玄景這個祕密，看著一無所知的林木，抓耳撓腮的，試探著問：「你家牛奶糖還好吧？」

「挺好的，早上出門之前還看到他在晒太陽呢。」林木說著，帶上了幾分苦惱的神情，「只不過牠從來沒叫過，也不會對我搖尾巴。」

大黑目視前方，不敢講話。

「不對，牛奶糖好像根本就沒有發出過什麼聲音。」林木意識到這一點，眉頭漸漸皺起來，「也不像是病了，難不成是有什麼殘缺？」

大黑一驚，趕緊說道：「沒有，他就是比較內向吧。」

「噢。」林木點點頭，笑了笑，「沒關係，就算真的有什麼殘缺我也不會嫌棄牠。」

大黑哽了一下，配合著林木乾巴巴地笑了兩聲，然後戛然而止。

帶著些許涼意的夜風中傳來一絲極輕微的血腥與腐爛的臭味。

嗅覺靈敏的犬妖面色一沉。

「小心點。」他說道：「有點不對勁。」

林木順著大黑的目光看過去，遠遠地只能窺見半山腰上隱藏在叢生的樹木之間的黑漆漆屋頂。

天已經暗了下來，那一片黑漆漆的屋簷下也沒有亮起燈光。

大黑帶著林木走到山腳下，臉色越來越難看。

風從山頂灌下，蒸騰的血氣與腐臭味朝山腳下的兩人鋪天蓋地籠罩下來。

林木大步退後幾步，扭頭扶著旁邊的樹，差點吐出來。

大黑摸出手機，打了個電話給吳歸，掛掉電話一轉過頭，就看到林木捂著口鼻蹲得遠遠的，一點也不想靠近的樣子。

「發生了什麼事？」林木忍著胃部的翻騰問道。

「有人死了，還不少。」大黑皺著眉頭，也有點受不了這個氣味，「先等等吧，往外退。」

林木點點頭，跟著大黑往樹林外走，結果走到半路上，就碰到了跟吳歸一起前來的晏玄景。

晏玄景本來躺在家裡，睡得十分安逸。

他是被林木那條手繩接觸到的死氣驚醒，一起身就直奔這個方向來了，正巧遇上了朝這邊趕來的吳歸。

晏玄景的目光略過大黑，落在林木身上，見他臉色蒼白明顯是受到了驚嚇，垂下眼摸了摸衣袖，捧出了一大堆淺金色的光團，抬腳走到林木身邊，嘩啦一下扔了林木滿頭滿臉。

林木仰頭跟晏玄景對視，發覺對方眉心緊擰之後，乖巧地沒有動也沒說話。

吳歸看了一眼林木和晏玄景，緊皺著眉仰頭看向半山腰的大宅院。

「不用看了。」晏玄景把還飄在外頭的日華全都拍進林木的身體裡，林木臉色恢復了紅潤，抬眼看了看上方的大宅院，「死光了。」

吳歸聞言，重重地嘆了口氣，摸出了幾個龜甲。

「是帝屋做的。」

晏玄景打斷了他準備卜算的動作，「你趁著他的氣息還沒散，還來得及算算他在哪裡。」

晏玄景的話音剛落，就看到臉色剛恢復正常的林木又唰的一下白了臉。

「月亮太亮了。」吳歸抬頭看向夜幕，月明星稀，星光極暗。

他皺了皺眉，「運氣不好。」

林木不明白這話是什麼意思，他看了一眼同樣茫然的大黑，再轉頭看向晏玄景，小聲問道：「是算不到嗎？」

晏玄景看著臉色蒼白的林木，點了點頭。

像帝屋這種等級的妖怪，想要透過天機窺探他們的行蹤，只靠龜甲卜算是不夠的。

「先聯絡人類那邊吧。」吳歸對大黑說道。

大黑聯繫上了人類那邊負責相關事務的人，他們沒多久就到場了。

林木跟在面無表情、沒人敢靠近的晏玄景身邊，看著吳歸卜算，手指緊張地摳著樹皮。

「死亡人數？」

「二十六。」

「妖怪呢？」

「六十五。」

「時間？」

「四天前酉時，最後一個是戌時前一刻死的。」

酉時，是傍晚五點到七點。

四天前傍晚五點到七點的時候，他正在和帝屋講電話。

林木越發緊張起來，焦慮地摳著旁邊的樹皮，「啪嚓」一下掰下了一小塊。

晏玄景轉頭看他。

林木把手裡的樹皮扔了，抿著唇笑了笑。

吳歸看著卦象，眉頭微微皺著，偏頭看向記錄的人，說道：「卦象有鬼氣。」

那個人類記錄的動作頓了頓，深吸口氣，又被熏得皺起了眉，「上去看看。」

「嗯。」吳歸收起了那幾個龜甲，抬頭看了一眼星星，遺憾地嘆了口氣，「走吧。」

一行人準備上山去了。

晏玄景落在最後，偏頭看著林木，眼睛一眨也不眨。

林木被看得十分不自在，以為晏玄景看出了什麼端倪——他跟帝屋直接接觸過，要是身上有帝屋的氣息也不奇怪。

但晏玄景沉默地盯了他好一會，最後卻是抬手拍了拍他戴著帽子的腦袋，用他清冷的聲音開口說道：「怕的話就回去。」

林木一怔，先是微微鬆了口氣，然後搖了搖頭，「沒事，我……還是想上去看看。」

晏玄景沒有意見。

這種場面對於大荒長大的妖怪來說都是雞毛蒜皮，沒有什麼怕不怕的問題，只不過林木顯然是沒見過這種場面的。

林木說想怎樣就怎樣。

他本來就是為了林木來的。

「走了。」晏玄景轉身，往山上走去。

林木跟在他背後，有點恍神。

林木懷疑自己被騙了。

帝屋拿了他的血，說是因為魂魄不全所以需要，但拿走了他的血之後，依舊把這個宅院裡的人殺掉了。

林木對於妖怪世界的恩怨應該怎麼處理並不瞭解，只是感覺帝屋取了他的血之後又殺了二十多個人六十多個妖怪這件事，讓他有些不能理解。

可是仔細一想，人家從頭到尾都沒答應他拿了血之後就不再對別人動手了。

——應該是有什麼原因吧。

林木搖擺不定，神情顯得有些悵惘。

晏玄景停下腳步，伸手扶住直直撞上來的林木，看著恍恍惚惚看著他的小半妖，想了想，乾脆一把將林木抱起來，然後扛在肩上。

林木愣了兩秒，撐著他的肩挺起了身體，「你做什麼?!」

晏玄景於是換了個姿勢，像抱小孩一樣把他托在臂彎裡，抬腳穩步往前，冷冷淡淡地說道：「防摔。」

林木滿臉震驚：「??」

搞什麼啊！

怎麼回事啊！

這個狐狸精是不是哪裡有問題！

晏玄景看著震驚的林木，頓了頓，說道：「你可以繼續想事情了。」

林木：「……」

我看這個狐狸精一定是哪裡有問題。

晏玄景像抱小孩一樣抱著林木。

雖然他是第一次正式照顧別人，但他覺得自己真的很體貼。

山路不好走，這小半妖弱爆了，要是跌個跤摔斷了脖子怎麼辦。

九尾狐正這麼想著，被他抱著的林木就痛得哼了一聲，捂著腦袋微微彎下了腰。

晏玄景仰頭看向被他抱著的林木。

林木低頭看著抱著他的晏玄景。

在他們的頭頂上，剛剛林木直直撞上的粗樹枝還在輕輕晃蕩。

晏玄景：「……」

林木：「……」

晏玄景沉默地把揉著腦袋的林木放下地。

林木輕嘶一聲，揉著自己撞上樹枝的腦袋，看到晏玄景一伸手，把足有成年男人手臂粗的樹枝「啪嚓」一下折了下來。

林木不懂他這個舉動。

晏玄景把手裡的樹枝扔到一邊，轉頭對林木說道：「報仇了。」

林木：「?」

林木一臉茫然。

林木反應過來。

林木渾身一震。

林木沉默了兩秒，想了想，對晏玄景露出微笑，點了點頭。

晏玄景滿意了，這次沒再把林木抱起來，而是握住他的手腕，帶著他往前走。

林木面無表情地跟在後面。

他看著晏玄景幾乎與黑夜融為一體的挺拔背影，覺得這狐狸精要不是長得好看又很強，大概早就被打死了。

也多虧晏玄景打了個岔，林木覺得自己之前亂七八糟的想法都消失得一乾二淨，滿腦子都是晏玄景這個驚人的思考邏輯。

大黑發現林木和晏玄景掉隊了。

他想了想，還是放慢了腳步，等著後頭掉隊的兩個跟上來。

結果那兩人上來了，卻是手牽手——好像也不對，準確來講，是晏玄景牽著林木上來了。

大黑驚愣地睜大了眼，愣愣地看著晏玄景和林木走近，等到林木喊了他一聲的時候，才結結巴巴地說道：「你……你們感情挺好的啊。」

林木一愣，順著大黑的目光，低頭看了一眼晏玄景握著的他的手，這才後知後覺地反應過來，腦子裡「嗡」的一聲，在抽回手和繼續保持動作之間猶豫了一瞬，然後選擇了後者。

人家主動牽的，抽回手多尷尬。

林木理直氣壯地想。

晏玄景沒回應大黑。

林木想了想，對大黑說道：「不走嗎？」

大黑回過神，看了看林木，看了看晏玄景，又看了看他們牽著的手，抹了把臉，「走！」

越接近宅院，那股氣味就越發濃重。

林木的眉頭越皺越緊，晏玄景偏頭看了他一眼，輕輕一彈指，林木發覺那股難聞的氣味消失得一乾二淨。

林木抿了抿唇，對晏玄景翹起嘴角，「謝謝。」

晏玄景微微頷首，轉頭看向近在眼前的宅院，停下了腳步。

完全沒有被照顧到的大黑感覺自己被硬塞了一大口檸檬，酸不溜丟。

他發覺晏玄景在接近宅院時停下了腳步，於是抬頭看了一眼。

「鬼氣。」晏玄景不疾不徐地看了周圍一圈，淡淡道：「數量不少。」

大黑聞言，面色一肅，也凝神看了一圈。

站在宅院門口的幾個人類和吳歸也是臉色陰沉沉的，見晏玄景他們上來了，高聲道：「一群全被厲鬼咬死的！」

晏玄景並不意外，只不過被厲鬼咬死的死狀都不太好，他猶豫了一下，還是攔住了這棵小帝休沒讓他過去。

被攔住的林木比較在意這個死法，他轉頭看向大黑，「被厲鬼咬死是怎麼回事？」

「多半是報復，厲鬼不是對誰都會動手的。」大黑看了一眼正四處打量彷彿在尋覓什麼的晏玄景，為林木解釋道：「要嘛是仇人，要嘛是找把它變成厲鬼的東西拿走或者毀壞的人，或者是侵入了它重視的地方的人……總之要跟厲鬼扯上關係，才會被它襲擊。」

大黑說完，又聽到那邊喊道：「還有被殺的妖怪，宅院裡被翻得亂七八糟，不知道丟了什麼。」

有人問：「這一家人沒有留在外地的嗎？」

「他們家二十年前發了召回令，知道些事情的全都回這裡了。」吳歸看著院子裡四濺的血跡和死狀扭曲的屍體，眉頭皺著，「被一網打盡了。」

旁邊負責記錄的人類眉頭也皺得死緊，對於被厲鬼報復，還不止得罪一個厲鬼的這一大家子毫無好感。

「多行不義。」

「他家這二十年還挺順遂的。」吳歸說完，跟身邊的人類對視了一眼，都意識到了些什麼。

這家人祖上除妖殺鬼，雖然幹的絕大部分都是積攢功德的善事，但殺孽是事實，偶爾會牽連無辜也是事實。

這些年人丁不興也沒有子孫成材，沒少過被妖鬼報復追殺。

二十年前發了召回令，對吳歸這邊的解釋是把子孫都召集起來，免得被分散各個擊破，一群人聚集在一起的力量還是比較可觀的，所以日子過得順遂昌隆，吳歸也沒覺得有什麼不對。

但現在又是厲鬼又是被帝屋一網打盡，聯想一下帝屋會報復的是什麼樣的對象，就不得不讓人多想了。

而且這座宅院已經被搜過了——像帝屋這種大妖怪，中原能有什麼東西足以讓他做出把整座宅院殺個精光然後奪寶這種行為的。

沒有。

除非是他自己的魂魄，或者本體的殘骸。

吳歸咂嘴，撫了撫自己的鬍鬚，「這都是什麼破事。」

林木也想通了，輕輕勾了勾晏玄景的手，在狐狸精轉過來的時候問道：「那……不是帝屋幹的？」

晏玄景搖了搖頭，「一部分是。」

狐狸精說完，餘光瞥見一點光亮，便鬆開林木的手，走到宅院側邊去，抬手接住了幾朵乘著風打轉，遲遲不願意落到宅院附近的月華。

月華對於人類來說效果不如妖怪那麼大，但光是蘊養土地這一點，就足夠人類收益好幾代了。

但帝屋禦凶的天賦是不會招來月華的。

如今變成了凶煞之地的這座宅院也不會招來月華。

這應該是之前留下來的。

晏玄景轉頭看了一眼能招來月華的小帝休，在林木偏頭看過來的時候，下意識地把那幾朵月華往袖子裡一藏。

之前這座宅院裡，應該有能夠招來月華的東西。

比如帝休。

晏玄景想到林木那個沒有見過面被默認死亡的親爹，又想到幾乎被拆成碎屑的帝屋，覺得不妙。

晏玄景揣著手，感覺不大好。

這兩棵神木，應該不至於倒楣成這樣吧。

翻船了一個不夠，還買一送一什麼的。

晏玄景藏好了那幾團月華，覺得還是得去問問他爹才行。

到底發生了什麼事情，他爹應該才是最清楚的。

只不過如果帝休真的步上了帝屋的後塵，他爹氣炸的可能性比較大。

不過氣炸就氣炸，跟他這隻可憐又無辜的小動物有什麼關係呢？

晏玄景看了一眼宅院，轉頭走向留在原地的林木。

大黑作為犬妖已經被喊過去了，林木站在原地，垂眼看著飛濺在宅院牆面上的血跡，還有泥土地上還留著的輪胎痕，拿出手機來，在通訊錄翻到了帝屋，編輯了一下資料，把帝屋的名字改成了數字一。

晏玄景回到林木身邊，看到他收好手機，問道：「進去看看？」

林木掃了一眼外牆上慘烈的血跡，遲疑一瞬，搖了搖頭，問道：「死了這麼多人，帝屋不會遭報應嗎？」

晏玄景說道：「如果是除惡，不會。」

至於殺孽這種事，大荒的妖怪誰沒有背著一身殺孽，幾乎不會當一回事，只不過帝屋那種魂魄不穩的情況比較特殊一些。

……哦，現在可能還得加一個帝休。

不過也不一定，萬一是別的能引來月華的東西呢？

晏玄景沒把自己的猜測告訴林木，以林木如今的實力來看，知道了也沒好處。弱小的半妖只要變強就好了，用不著考慮那麼多。

晏玄景看著林木，既然他沒有想要進去看看的意思，那也到了小鬼該回家的時候了。

「回去？」他問。

林木應了一聲，剛轉身往山下邁出一步，就被晏玄景攔腰抱了起來，又以那種抱小孩的姿勢把他固定住，而後騰空而起。

林木嚇得渾身都繃緊了，死死揪住了晏玄景肩膀處的衣服，瞪大了眼看著地面越來越遠。

晏玄景拍了拍林木的背，「不喜歡飛？」

林木僵了好一會，被高空的風一吹，回過了神，俯視著腳下的大地，又仰頭看了看頭頂的月亮，半晌，眨了眨眼，「挺好的。」

晏玄景十分嚴謹地說道：「這次不會撞到頭了。」

林木：「……嗯。」

晏玄景看著好奇四顧的林木，又問：「想學？」

林木兩眼一亮，「可以學？」

「可以。」晏玄景答道，帶著林木如同一道流星般倏然飛遠。

大黑在宅院裡勤勉忙碌地辦公，感覺頭頂有道影子一閃而過，一抬頭，就看到了抱著林木迅速飛遠的晏玄景的背影。

大黑：「……」

媽的。

戀愛的酸臭味！

吳歸也跟著抬頭看了一眼，然後拍了拍大黑的腦袋，「人家有緣人的事，你看什麼看？專心做事。」

大黑委屈巴巴地嗚咽了一聲，繼續埋頭勤奮工作。

晏玄景帶著林木一路飛了回來。

林木頭一次從上空俯視自家的小院子，這一看就發現，那兩圈朝暮還真的種得挺像荷包蛋的。

林木沉默了兩秒，默默收回視線，被晏玄景帶著落在了院子裡。

小人參從土裡跑出來，伸手抱住了林木的大腿，小心翼翼地探頭看了一眼晏玄景。

晏玄景的氣息收斂得分毫不漏，小人參也沒認出他來，只是緊緊抱著林木的大腿，緊張又戒備地仰頭盯著這個妖怪。

林木揉了揉小人參的腦袋，抬頭對晏玄景說道：「多謝。」

晏玄景搖頭，掃了一眼人參娃娃，把他嚇得打了個哆嗦，又往林木背後縮了縮。

「我這裡有一些小妖怪要轉交給你的東西。」林木解釋了一下最近小妖怪拜碼頭的事情。

晏玄景已經知道這件事了，跟著林木進屋，看林木搬了個大箱子出來，掃了一眼，手輕輕拂過那些小玩意，然後目送著它們全都飛出了屋子，往各個方向去。

林木一愣，「哎？」

「不要。」晏玄景說道。

他又沒準備在這裡停留多久。

倒是等事情明瞭了，也許可以考慮把林木帶回大荒去。

帝休不適合待在中原。

惹人眼紅沒人護持，還是天生殘缺的半妖，不安全。

林木見箱子裡的東西被如此對待也沒覺得怎樣。

畢竟是給晏玄景的東西，他想怎麼處理就怎麼處理。

林木把空箱子往旁邊一放，看看晏玄景，清了清嗓子，說道：「我……我想要你的聯繫方式。」

晏玄景一頓，「聯繫方式？」

林木點點頭，「對，電話或者別的什麼。」

晏玄景這次出來還真的沒帶上什麼聯絡用的東西，因為他只需要聯繫老烏龜，而不管他在哪，老烏龜都能找得到他。

狐狸精搖了搖頭，「沒有。」

「是……沒有手機？」林木問。

晏玄景點了點頭。

林木鬆了口氣。

不是不願意給他聯繫方式就好。

「可以買一支呀！」林木說道：「聯繫很方便。」

晏玄景冷冷清清十分耿直地回答：「沒錢。」

大荒的貨幣顯然不能在中原用。

晏玄景本身也不需要什麼花用，甚至進食都不是必須，沒錢也完全不是問題。

林木倒是完全沒想到這一點，他被晏玄景「沒錢」兩個字說得愣了好一會，問道：

「那我買一支給你？」

就當作繳學費。

晏玄景不覺得收林木送的東西有什麼不對，林木這麼說了，他就乾脆地點了點頭。

以為會被拒絕的林木有些高興，微微抿起唇來露出了兩個小酒窩，「那你明天晚上再來一趟？」

「可以。」晏玄景點了點頭，站起身來，跟林木告辭。

林木送他出門，看著對方的身影逐漸消失，抬手用力揉了揉臉，摸出手機來撥通了帝屋的電話。

手機響之前，帝屋正在跟裝著帝休魂魄碎片的玉石對視。

——雖然他也搞不清這塊玉石的眼睛到底在哪裡。

帝屋看著桌上被帝休毫不留情全部壓扁碾碎的菸，輕嘶一聲，「哎，我都說了你身上這些是怨氣，不是我抽菸熏出來的。怨氣沒消就不能帶你去見你兒子，萬一影響到他了怎麼辦？小孩子很弱的。」

桌上的玉石一動也不動。

帝屋嘆氣，「你這腦袋不是腦袋、屁股不是屁股的，生什麼悶氣呢。」

他從衣袋裡又摸出了一包菸，還沒來得及點燃，桌上的玉石就跳起來把他手裡的菸撥掉，在煙盒上蹦了兩下，把菸壓扁又碾碎了。

帝屋：「……」

帝屋從抽屜裡拿了根草莓口味的棒棒糖出來叼著，剛往嘴裡一塞，手機就響了起來。

他偏過頭，剛一轉頭就看到桌上的玉石蹦起來，「咚」的一下砸在了他的手機螢幕上，螢幕瞬間裂成了蜘蛛網。

「……」

幹！

帝屋看著在手機上轉圈圈的玉石，伸手把他拿起來放到一邊，看了一眼來電顯示，總算明白為什麼帝休這麼激動了。

打電話來的是林木。

帝屋接起電話，伸出一根手指按住試圖跳上來砸他臉的玉石，按下了擴音，懶洋洋地打了聲招呼。

「帝屋……」林木喊了一聲。

「嗯嗯，在呢。」察覺到手底下的石頭安靜了下來，帝屋鬆開手，「什麼事？」

林木捧著手機，坐在客廳裡，舔了舔唇，「A市那個……死了好多人和妖怪的世家，是不是你做的？」

「是啊，不然我去A市幹嘛？」帝屋一點遮掩的意思都沒有，大咧咧地說道：「我把自己的東西拿回來有什麼問題？你要為那些傢伙主持公道嗎？」

帝屋這麼大大方方地承認，林木一時不知道應該說什麼。

他沉默了好一會，小聲問道：「那你還好嗎？」

帝屋一愣，嘴裡的棒棒糖從左邊挪到了右邊，又從右邊挪到了左邊，鼓著半邊臉笑出了聲，「你是來關心我的啊？」

林木小聲嘟囔，「……不然呢？」

「還以為你來罵我的。」帝屋叼著糖撐著臉，笑咪咪地看著打轉的玉石，「放心，我好得很，而且會一直好下去。」

林木鬆了口氣，坐在凳子上，緊張地抓了抓自己的褲子，暗示道：「那，血的話我還可以再給你，但你還是小心點，這邊有人在找你了。」

這暗示帝屋聽懂了，結果還是來勸他少造殺孽。

帝屋嗤笑一聲，覺得這父子倆不管是大的還是小的都過於良善天真了。

他還沒來得及說什麼，他手邊的玉石聽到這段話便跳起來，對著帝屋腦袋就是猛一下撞擊，落到地上還狠狠砸了一下他的腳趾。

帝屋倒吸一口涼氣，敷衍地應答了林木幾句，掛斷了電話。

林木拿著電話，微微鬆了口氣，看了一眼從側門裡溜進來，還叼著隻喜鵲的牛奶糖，愣了兩秒，衝上去把那隻喜鵲救下來。

這隻喜鵲林木認識，是這兩天幫小人參來叫他起床的那隻。

「半夜出去叼喜鵲？」林木用力揉了一把牛奶糖的腦袋，捧著瑟瑟發抖的喜鵲走出門，把牠交給了小人參。

晏玄景看了看心事重重的林木，在林木準備睡覺的時候再一次跳上了他的床。

「又來啦？」林木埋頭吸了好一會狗，高興地關上了燈。

這一次晏玄景有警覺了，在林木睡著之後先發制人，把林木裹成了個圈，然後自己安然地趴在他身邊，沐浴著從窗外飄進來的月華，抱著自己的尾巴，貼著林木睡了過去。

第二天是週末，林木帶著小人參交給他的材料清單，去了趟建材賣場訂貨，又去挑了臺高雅冷淡風格的商務用手機，還辦了張新的ＳＩＭ卡，抱著大出血的錢包趁著天還沒黑回到了家。

回來的時候晏玄景已經在門外等著了。

他今天也出了門，去通道那邊看了一眼，然後又傳了封信過去給他爹。

通道很長，哪怕是以速度見長的妖怪，也需要兩天才能通過。

林木看著安靜站在院子外的晏玄景，他的影子被夕陽拉得很長，挺直背脊筆直地注視著院子內，在夕陽下像是被打了一層陰影，顯得格外虛弱單薄。

晏玄景察覺到了林木的視線，偏頭看過來，「回來了？」

林木聽到這話，一瞬間晃了神。

「抱歉，回來晚了。」

林木幾步小跑步過去，趕緊打開了門，領著晏玄景進去。

他今天買了一堆大包小包的東西，稍微翻了翻，把新手機交給了晏玄景。

狐狸精拿著手機，但是不會用。

於是林木一步一步教了他基本的操作方法，晏玄景舉一反三，很快便上手。

林木看著晏玄景手機裡的電話簿和通訊ＡＰＰ，偏頭看了一眼垂著眼輕按手機螢幕的晏玄景，想到對方手機裡就只有自己一個人的聯繫方式，感覺喜滋滋。

晏玄景看到林木收好了手機，也放下了自己的，問林木：「想打架還是學飛？」

林木沒想到還能選，當下毫不猶豫地選擇了後者，「學飛！」

晏玄景點了點頭，把林木帶到屋頂上，指了指下方，「跳下去。」

林木看了看下方的水泥地。

「？」

你是不是想害我？

——《非人類公所值勤日誌01》完

高寶書版集團
gobooks.com.tw

BL060
非人類公所值勤日誌01

作　　者　醉飲長歌
繪　　者　cyha
編　　輯　薛怡冠
校　　對　林雨欣
美術編輯　彭裕芳
排　　版　彭立瑋
企　　劃　李欣霓、黃子晏

發 行 人　朱凱蕾
出　　版　三日月書版股份有限公司
　　　　　Printed in Taiwan
地　　址　臺北市內湖區洲子街88號3樓
網　　址　www.gobooks.com.tw
電　　話　(02) 27992788
電　　郵　readers@gobooks.com.tw（讀者服務部）
傳　　真　出版部　(02) 27990909　行銷部 (02) 27993088
郵政劃撥　50404557
戶　　名　三日月書版股份有限公司
發　　行　英屬維京群島商高寶國際有限公司台灣分公司
　　　　　Global Group Holdings, Ltd.
初版日期　2021年10月

本著作物《非人類街道辦》，作者：醉飲長歌，由北京晉江原創網絡科技有限公司授權出版

國家圖書館出版品預行編目(CIP)資料

非人類公所值勤日誌/醉飲長歌著.-- 初版. -- 臺北市：三日月書版股份有限公司出版：英屬維京群島高寶國際有限公司臺灣分公司發行, 2021.10-
面；　公分. --

ISBN 978-986-0774-27-6 (第1冊：平裝)

857.7　　110013325

三日月書版

三日月書版

GOBOOKS & SITAK GROUP©

GOBOOKS & SITAK GROUP©